致未曾謀面的丈夫，我們離婚吧！

Haikei Mishiranu dannasama Rikou shite itadakimasu

久川航璃

Kori Hisakawa

輕
文學
Light Literature

Haikei Mishiranu
dannasama
Rikou shite itadakimasu

目錄

序章　未曾謀面的妻子捎來的一封信

蓋罕達帝國南部戰線的駐紮地，位於一片看似綿延不絕的平緩丘陵地帶。一望無際的平原拂來有些乾燥的風，讓矮短的草隨之搖擺。眼前翠綠茂盛的草，是地處遙遙北方的帝都鮮少看見的種類。然而，這已成了熟悉的日常風景。

——八年。

這既是與鄰國戰爭所經歷的歲月，也是這個男人離開帝都的時間。

更是與跨越國境而來的敵軍隔著平原對峙的年月。

這場漫長的戰爭，總算締結了停戰協定。消息轉眼間就傳遍了整個帝國。

此時，一封信送至還在處理後續工作的駐紮地。

不同於草原地帶特有的溫暖氣候，這封從帝都捎來的信件似乎散發出一縷冷風，讓人回想起環繞聳立在都城周圍、被白雪覆蓋的米特爾山群景色。

「真難得有家人寫信給你耶。」

在軍幕裡看信的安納爾德・斯瓦崗抬起頭來，看向隔著桌子坐在對面那位同為中校的友人。細長的祖母綠眼給人淡漠的印象，與那白瓷般的肌膚很相襯。儘管曾有情書送到這位出名俊美的中校手中，戰時也從來沒有血親寄信給他。大致瀏覽這封在一宣告戰爭結束就收到的信件後，安納爾德的嘴角微微揚起。

他就這麼將信件交到友人手中。

「怎麼，信中寫了多麼有趣的事情嗎？」

對於安納爾德默默遞過來信件產生興趣的友人，懷著看戲般的心情讀了下去，表情卻隨之大變。

「喂，這狀況容不得你這麼悠哉了吧……！」

看著友人驚慌失措的反應，安納爾德撫著下巴沉思。就像在擬定作戰時一樣，那雙機敏的眼中寄宿著殘忍的目光。

擅於將敵軍逼到絕境，並設下陷阱圍攻，再加上安納爾德的一頭灰髮，讓他被稱為「戰場上的灰狐」。然而，接下來應該是要望向政敵的那道眼神，不知為何卻注視著這封信的寄件人，也就是他的妻子。

戰爭結束了，這封信卻像是捎來一場新的紛爭一樣。

如果是個能讓自己極盡所能謀略的對手就更令人開心，可惜透過信件只能窺知一二。不過正因為未知，新的戰場才教人不禁雀躍。

「先不論她有何意圖，思考要如何將對手逼到絕境，多少還是能打發點時間。」

「喂喂喂，再怎麼說也是你自己的妻子吧。」

聽見友人傻眼的反應，他只是暗忖著「面對像在下戰帖一樣捎來這封信件的人，有必要寬容嗎？」這樣的疑問。

信件上以秀氣的字跡，慎重地寫下一字一句，而且還用刻有斯瓦崗伯爵家家徽的封蠟緊緊封上。信上也有父親的署名，這就代表父親也知道這件事吧？

更重要的是，藉此得知對方是認真的，讓他忍不住湧上笑意。

遙想著儘管素未謀面，但多少耳聞了一些傳言的妻子，安納爾德反覆思量著信件內容。

那封信劈頭就寫著「致未曾謀面的丈夫」這般挑釁意味濃厚的句子。

致　未曾謀面的丈夫

耳聞與鄰國締結了停戰協定，實質上戰爭已迎來終結。然而與您成婚這八年來，別說連一

封信都沒有，彼此甚至從未謀面，我這妻子可說是徒具虛名。

請務必趁著這次機會，同意我們離婚。

您未曾面識的妻子　敬上

第一章　賭注與時隔八年的初夜

時間回溯到八年前——

蓋罕達帝國的帝都位於大陸北方。名為米特爾山群的山脈環繞般聳立在都城周圍，作為天然要塞守護著帝都，也可說是守護著帝國。利用群山之間相對平緩的地形進行開拓的帝都，到了冬天總是十分寒冷，人們通常都是窩在家中，並在備有暖爐的溫暖房間裡生活。

坐落於帝都貴族區的霍洛特子爵家也一樣。一家四口在晚餐過後，會各自在事先讓人溫暖好的房間裡悠哉地度過夜晚——換作平常，皆是如此。

顧不著子爵家中的走廊既冰冷又昏暗，勢頭猛烈、一路快步走來的拜蕾塔，一打開與客廳相通的門就厲聲道：

「父親大人，這究竟是怎麼回事！」

在裡面喝著餐後茶的雙親，對於女兒怒氣沖沖的態度並沒有感到任何動搖，只是回

過頭並不約而同嘆了一口氣。

「妳講話總是這麼大聲。妙齡少女可不能擺出這種態度喔，拜蕾塔。」

「母親大人，要責罵請晚點再說！我聽兄長大人說了令人難以置信的事情，那是真的嗎？」

「既然妳都聽說了，就是那樣。伯爵家來提親了。對方可是出自繼承舊帝國貴族血脈的家世喔，這是何等榮耀啊！妳看過對方的肖像畫了嗎，好一個俊美的男人對吧？」

所謂舊帝國貴族，是指早在蓋罕達帝國以前的時代就受命貴族爵位，有著悠久歷史的家世，而那對象正是繼承了這樣血脈之人——但這跟現在的自己一點關係也沒有。那種東西遑論榮光，根本毫無價值，說難聽點甚至還很棘手。

「那種東西早就在暖爐裡被燒得一點形體都不剩了。我之前不就說過不會嫁給任何人嗎！」

「看也沒看就扔掉了是吧……妳不嫁人這種事，我怎麼可能答應啊。霍洛特子爵家代代都是騎士，妳既然繼承了這樣的血脈，就不能愧對家族的功勳，好好嫁一個軍人吧！對方是陸軍少校，在這次的戰役中還會成為中校，是一位相當出色的人物。二十五歲這年紀是跟妳有些差距，但要管得住妳……還是要說懷柔呢……應該說是要能馴服妳？總之，以要跟妳結婚的對象來說，這年紀應該差不多。」

「請不要一再重提這話題。況且，我們家說是騎士，其實也只是鄉下地方的地痞靠著武力得到爵位而已——那還頂多是六代以前的事情，本來不過是平民罷了。既然是那麼出色的人物，應該沒必要娶我們這種家世的女兒吧？」

「妳動不動就這樣瞧不起我們家族，我們代代相傳的騎士血統是何等優異——」

「父親大人的自吹自擂一點也不重要，我現在想問的是，為什麼對象是我呢？」

「對方說了非妳不可啊。」

「地位、名聲都不缺的伯爵家，怎麼可能會直接找上我。是透過哪一位介紹的？」

「呃～……」

直到剛才還滔滔地說個不停的父親，一瞬間尷尬地搔了搔臉頰。這是父親在想謊言時會有的小動作，拜蕾塔的目光因此變得越來越銳利。

有著遺傳自母親猶如月之女神般的美貌，好勝的少女散發出強烈意志的紫晶色雙眼，寄宿了熊熊燃燒的火焰。

她撩起那頭莓果粉金的長髮，狠狠地瞪向父親。

「父親大人，這該不會是德雷斯蘭中將閣下的意思吧？」

身為帝國陸軍上校的父親在大約十五年前率兵前往北部戰線時，受到時任師團長的莫弗利・德雷斯蘭中將賞識，兩人更成了朋友。如果只是老朋友，家人也不會多麼擔心，然而莫弗利是個出名的花花公子，酗酒、賭博、玩女人樣樣都來，實在難以想像為什麼會跟個性認真又耿直的父親合得來。而且只要被帶去賭博，總是會花掉一大筆驚人的費用才回家。

這可謂我們家眼下最頭痛的問題，將德雷斯蘭中將形容為惡魔之子都不為過。

將父親的沉默視為肯定的拜蕾塔，雙手使勁地拍在桌子上。茶器跟著發出鏗鏘聲，

「父親大人，你是認真的嗎！到底是因為怎樣的理由，才會讓你萌生要將自己剛滿十六歲的可愛女兒嫁出去的想法？」

但誰要在乎這種事啊！

「唉，有辦法堂而皇之地說自己是『可愛女兒』的妳，想必沒問題的。」

索性豁出去的父親將手中的茶杯放回桌上，以平靜的目光注視著她。

「確實一如妳的猜測，這樁婚事是德雷斯蘭中將閣下介紹的，好像是他疼愛的部下想討個老婆。這次，在南部戰線可能會打上一場長期戰爭對吧？所以就算只能先留下短暫的回憶也好，中將閣下說想替他添個可愛的新嫁娘。」

「就可愛這點我確實是全面同意。然而竟然受到閣下的疼愛，對方到底是個什麼樣的危險人物？事情肯定不是只有幫他找個可愛的新嫁娘這麼簡單吧？」

「妳到底是哪來這樣的自信啊？為父都覺得有點擔心了……不過，其實對方開出來的條件是想找個有骨氣、有膽識，而且具備強悍實力，性別姑且算是女性的對象——然而，鮮少有這樣的女性，對吧？此時聽聞妳在學生時期的謠傳後，閣下就選中妳了。」

所謂的「學生時期」，應該是指在去年畢業的史塔西亞高等學院中所發生的事吧？自己確實度過了一段難以稱之平凡的校園生活，也曾引發動刀傷人的爭執事件……應該是因此被認為有膽識吧？

再次體認到莫弗利這個男人看待事情的觀點果然莫名其妙。

「完全沒有提及可愛的要素耶。」

「說真的，外貌並不在他的條件當中，他只求膽量跟實力。」

「這是要去踢館的條件吧！」

「哈哈哈，這可是妳這樁婚事的條件，真不愧是以武功揚名的霍洛特家女兒呢！」

拜蕾塔對著快活地笑了起來的父親展露一抹微笑。

「原來如此。看來父親大人希望當場讓身體與雙腳分家呢。」

「等等、等等、等等！妳的眼神也太認真了。」

「哎呀呀，我可是個性既耿直又認真的父親的女兒。最討厭說謊跟開玩笑了。」

發出「呵呵呵」的乾笑之後，父親頓時臉色蒼白。

「竟然能實現父親大人的願望，我實在高興到都快喜極而泣了。」

一拿起掛在牆上明晃晃的劍，就緩緩揮下。父親也敏捷地抓起裝飾在牆上另一把劍，並立刻應戰。

客廳頓時響起刀劍碰撞時，沉重的鏗鏘聲響。

「妳就是這樣才會都沒有人來提親，竟然從還在念書時就做起什麼生意！甚至在社交界傳出一堆不好的名聲，是要被人瞧不起到什麼程度啊？女人有女人的幸福。能這麼快就解決妳的婚事才好吧！」

「所以說，我要成為商人活下去啊。我已經都說過那麼多次了，就是不想嫁人。」

「我也說過，不容許妳這麼做吧！」

父女倆揮舞著長劍，在客廳一隅對打起來的時候，母親則是悠哉地喝完杯中的茶。

在那之後，無論拜蕾塔怎麼抗議也沒用，結婚的準備一步步進行下去。難以置信的是，兩個月後就迎來婚禮的日子。

無論怎麼反抗、威脅、脫逃都沒辦法撤回這項婚事，拜蕾塔也只能下定決心了。決定要直接跟對方當面談判的她，被半強迫地塞進伯爵家準備的豪華馬車裡。身穿新娘禮服，與一同搭乘的父親一起搖晃了一小段路程。

兩人抵達的宅邸坐落於帝都的中心。與子爵家蓋在郊區的小巧住家相比可說大相逕庭，讓他們感到驚訝不已。

眼前是一片深宅大院。竟然要嫁到這種地方來，真教人難以置信。感覺就像被誆騙了一樣。不愧是繼承舊帝國貴族血脈的悠久家世，自家門第實在難以望其項背。

在父親的帶領下，一進到宅邸內，傭人們全都出來迎接。順著他們的指引來到會客廳，只見斯瓦崗伯爵家宗主瓦納魯多．斯瓦崗就在裡頭等著他們到來。

伯爵年約五十幾歲吧，一頭褐髮之間開始長出斑駁的白髮，身軀卻依然魁梧。然而，那雙水藍色的眼睛卻顯得混濁，給人一種頹喪的感覺。儘管拜蕾塔對此感到有些奇怪，她的注意力卻很快就投向其他地方。

坐在宗主身旁的女性臉色相當不好，那是位將一頭豔麗金髮盤起來的年輕女性。大概才三十幾歲而已，卻一副疲憊不堪的模樣，怎麼看都不像有個二十五歲的兒子，應該是續弦。雖說她給人空靈的感覺，然而那副看了就令人心疼的樣子，讓拜蕾塔不知不覺間皺起眉頭。

拜蕾塔之所以會像這樣，觀察並非自己結婚對象的人，是因為現場不見這位最重要對象的身影。難道是為了換上新郎禮服而拖延、遲到了嗎？總之，現場只有自己穿著新娘禮服，感覺相當格格不入。

不過，這個疑問立刻就得到了解答。

「很可惜的，吾兒昨天就出發前往戰場了。戰況似乎不太理想，在名義上妳已經是伯爵家的媳婦了，婚禮就等到他回來之後再說吧。總之，那個可恨的兒子升遷之後，就這麼出征去了。」

「伯爵大人，請問這是怎麼回事？」

「你們沒聽說嗎？只要結婚就能升遷，所以他二話不說就答應了。他說妻子來了之後，只要讓她隨便在宅邸裡生活就好。」

父親應該是第一次聽說這件事吧。確實有耳聞對方的軍階會升到中校，但他肯定不曉得條件是要和拜蕾塔結婚。只見他頓時語塞，臉色沉了下來。

然而在這樣的父親身旁，拜蕾塔換了個想法，如果是當丈夫不在的期間，身處妻子的立場也不錯。既不會被丈夫這種沒用的東西束縛，也不會被家人逼著結婚，這樣的生活豈不是滿快活的？

如果丈夫從戰場上回來了，到時候只要趕緊逃走就好。幸好丈夫對自己似乎也不感興趣的樣子，肯定會很乾脆就答應離婚。而且除了丈夫之外，這個家也有讓拜蕾塔深感興趣的事情——那就是從剛才開始就一直低著頭，從未開口的婆婆。

瓦納魯多並沒有特別關心坐在身旁的她，並繼續說道：

「不過，老夫身為宗主，沒必要聽從那傢伙所說的話。既然現在最重要的丈夫也不在，妳想回去子爵家生活也沒關係，如何？」

以隨便的語氣拋來的問題，讓拜蕾塔緩緩眨了眨眼。

「拜蕾塔，這次真的是我不好，若想回來家裡也沒問題！」

「不，父親大人，我想就此在這裡生活。畢竟丈夫也都這麼說了。」

投以一道銳利的視線之後，父親也察覺到拜蕾塔的意志，而點了點頭。他應該是理解這個家有某些地方觸動了注重仁義與人情的女兒的心弦吧。

就這樣，拜蕾塔成為斯瓦崗伯爵家的一員。

結果，父親滿懷擔憂地回去了。既然沒有要舉辦婚禮，留在這裡也不是辦法，就這麼像被伯爵趕走一般離去。

雖然說了「還會再過來看看」，但父親這次預計也要上戰場，不過因為是後勤支援部隊，才比較晚被召集而已。拜蕾塔並沒有要上戰場，因此處境肯定遠比父親更加安全。畢竟再怎麼說，也不至於在夫家喪命。她不禁覺得，比起女兒，父親還是先顧好自己吧。

拜蕾塔說著希望父親能平安無事，卻得到父親回覆「身為帝國軍人，無論面對任何狀況都該勇猛果敢地踏上戰場」，這番一如往常認真到不行的話。儘管想頂上一句「不要一股腦衝上前去結果落敗就好」，拜蕾塔還是把話吞回了肚子裡。

雖然結婚對象跟瓦納魯多的態度都很不好，但姑且還是有為自己準備了房間。在傭人的帶路下，來到一個寬敞單間，從今以後就是拜蕾塔的房間。從家裡帶來的一點行囊，傭人都已整理妥當，拜蕾塔也只能待在安靜的房間裡發呆。眼前沒有任何事情可以做。就算想採取行動，資訊也遠遠不足。

結果，直到被叫去吃晚餐之前，拜蕾塔都在房間的躺椅上，反覆回想著白天時與父親的互動。

在幾乎教人喘不過氣的緊繃氣氛中吃著晚餐時，餐廳裡鏗鏘地響起碗盤破碎的刺耳聲響。

晚餐時，在伯爵家餐廳長桌就坐的有四個人，包括伯爵夫婦及一位小女孩。她是今年才剛滿六歲的米蕾娜。也就是拜蕾塔的小姑。

有著遺傳自母親的一頭金髮，以及傳承父親水藍色雙眼的女孩，感覺很害怕般、畏畏縮縮地做了自我介紹。這樣的舉動以她的年紀來說相當成熟，就算跟拜蕾塔相比，也顯得格外文靜；與其說她怕生，更像在害怕著什麼似的。這也讓拜蕾塔慶幸自己有留在這裡，不只是婆婆芯希雅，連小姑都深受其害，著實不可原諒。

拜蕾塔輕而易舉就推測出元凶正是將餐具摔在地上的那個男人。

「吵死了，少囉嗦！連妳都要對我頤指氣使嗎！」

瓦納魯多會這麼生氣，不過是因為芯希雅一句「老爺你酒喝太多了」的勸誡而已。

然而，這似乎點燃了他的怒火。公公力道強勁地甩了婆婆一巴掌，從她腫起的臉頰看來，嘴巴裡應該也受傷了。白皙的肌膚泛起了紅印，看了就讓人心疼。

然而，無論待在餐廳裡的管家、服侍用餐的男傭及女僕，任誰都沒有要上前阻止宗主的暴行。

他們都盡可能不表現出任何反應，只是屏住氣息地在一旁看著。

「那個笨兒子都離開帝都了，我隨心所欲一下又怎麼樣？」

眼看男人又舉起手來要再次施暴的樣子，拜蕾塔連忙上前輕輕抓住他的手。

「竟然對自己應當守護的婦孺出手，儘管退役了，您這樣還能算是個帝國軍人嗎？」

伯爵是退役軍人，在戰爭中罹患肺病成了傷兵，聽聞從此就窩在宅邸裡專注於管理領地。但總覺得事有蹊蹺。斯瓦崗伯爵擁有領地，而且聽說管理得很順遂，似乎也沒有大筆欠債；然而從公公這副德性看來，實在難以想像。

不過，管理領地的事情可以往後再調查，現在還是以壓制住眼前這個男人為優先。

「妳這是在做什麼！」

「我才想這麼問呢，父親大人。看來您真的喝了不少。母親大人也都這麼說了，就請別再喝了吧。」

「吵死了，區區子爵家的小丫頭竟膽敢指使老夫！不過是個虛有其名、被丈夫拋棄的妻子，擺什麼大架子！」

「哎呀，父親大人，這話說起來可真是矛盾呢！我是個小ㄚ頭，骨架子自然也小啊。」

拜蕾塔揚起「呵呵呵」的乾笑聲之後，氣得臉紅脖子粗的公公噴著口水怒吼道：

「少搬弄那種歪理了！還不快點放手！」

「堂堂的退役帝國軍人，竟說這種奇怪的話。難道您已經醉到連一個柔弱ㄚ頭的力道都甩不開了嗎？真令人傻眼呢。」

「妳這混帳東西，給我過來，馬上就讓妳成為我劍下亡魂！」

「老、老爺……請別這樣！」

芯希雅連忙攀住怒氣沖沖的瓦納魯多，那溫柔的本性令人動容。

哪像拜蕾塔的母親，根本不會把吵起來的父女倆放在眼裡。由於早就司空見慣了，別說上前阻止，她甚至懶得開口勸阻。

「面對一個小ㄚ頭也毫不留情啊……不過，或許這樣能讓您體認到自己喝到多醉了吧！」

「什麼！」

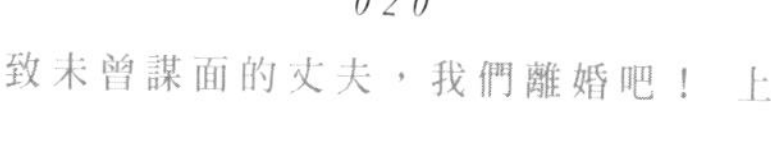

「我接受您的挑戰，到那邊的屋簷下就可以了嗎？」

除了公公以外，拜蕾塔的一番話讓在場所有人都不禁倒抽了一口氣。

移動腳步，在吊燈的燈光照耀下，先走到餐廳外屋簷下的公公瞇細了雙眼。

「妳就穿這樣嗎？」

新娘禮服當然已經換下來了，但拜蕾塔依然穿著略顯華美的禮服。那是一件裙襬寬鬆的洋裝。順帶一提，伯爵家完全沒有替她準備平時要穿的衣物，這是自己帶來的。

這是父母祝賀拜蕾塔結婚所贈送的禮服，總不能染上血汙。他們表示畢竟是要嫁到伯爵家，因此似乎挑選了十分昂貴的布料，因此也不能為了清掉血漬而用力搓洗。

父母說不定是事先預料到、為了避免發生這種事情，才會送上這件洋裝。但簡單來說只要別弄髒，俐落地擊倒對方就好了。

「當然，就算輸了我也不會拿穿著裙子當藉口。而且，我已經習慣了。」

「哼，囂張的小丫頭！我看妳應該是有兩把刷子才膽敢挑戰老夫，但終究橫豎只是小丫頭在耍耍劍而已！一個小女孩竟想做什麼反抗，乖乖聽話不就沒事了？老夫這就讓妳再也不敢強詞奪理！」

氣到抓狂的他，似乎不曉得拜蕾塔這樁婚事的條件。而且他跟兒子之間的關係好像很不好，應該也難以想像會有符合那種踢館般條件的新娘吧？如果他認為自己的程度不過是千金小姐的花拳繡腿，那正好，畢竟自負正是最大的破綻。

「父親大人才是，請別說出因為酩酊大醉而拿不穩長劍這種藉口喔！」

「哈哈哈！妳說話真有趣啊，小丫頭。竟然想贏過老夫嗎……哼，要是真的被妳打敗，不管妳有任何要求，老夫都能答應！」

打從一開始，拜蕾塔只是想懇請瓦納魯多不要喝到爛醉而已，但看樣子，事情好像鬧大了起來。既然他說任何要求都可以，那確實有一件希望他答應的事情。

當拜蕾塔這麼沉思時，公公無所畏懼地笑了。

「前提是妳要能打敗老夫再說。這就將妳送上黃泉，為自己侮辱退役軍人懊悔一番！」

他好像完全沒有要手下留情的意思。既然都說要送上黃泉了，公公應該將以會確實殺害自己的氣勢攻過來吧。

伴隨著這句話，他就架好真劍，迎面揮下。拜蕾塔也舉起自己的劍接下攻擊，並將重心側移，化解對方的力道。

即使喝醉了，以拜蕾塔的力量也敵不過男人。先接下攻擊，再化解力道——她不斷

反覆這樣的動作；雖然看起來很不起眼，但其實需要相當精湛的技巧。為了學會這樣的招數，更需要經歷長年的修練才行，然而瓦納魯多應該是沒察覺到這一點吧？只見他忿忿地嘖了一聲。

「一味地接下攻擊，妳只會逃嗎？」

「小丫頭有小丫頭的做法呀。」

公公的劍比想像中還要快，但還是比不上身為現任上校的父親，實力甚至不及擔任文官的兄長吧。大概因為喝醉的關係，動作既單純又容易看穿。幾乎可說是憨直了。

拜蕾塔不禁回想起結婚的條件：要有骨氣又有膽識，而且具備強悍實力，性別姑且算是女性的對象。聽了讓人不禁拿踢館來比喻，沒想到還真是如此。

正當思及此而感到有趣時，瓦納魯多的眉頭微微皺起。她並沒有瞧不起公公，但說不定是心情表現出來，結果被誤會了。

交劍的鏗鏘聲響起幾次之後，變得有些粗劣。應該是因為遲遲沒有分出勝負，而讓瓦納魯多感到焦躁了吧。

「妳這混帳！」

「喝啊！」

焦躁就會產生破綻，揮劍的動作稍微大了一點，就很容易預測白刃的軌道。用自己的劍捕捉到橫向掃來的長劍，並應聲彈開。離開公公手上的劍轉了好幾圈，這才刺進隔了一點距離的地面。

拜蕾塔拿著明晃晃的劍尖，直指一臉茫然的公公喉頭。

「分出勝負了呢，父親大人。我不就說您喝醉了嗎？」

「咕！妳……到底是何方神聖？」

「哎呀，您是要醉到什麼程度呢？我是今天嫁進來的斯瓦崗伯爵家的媳婦啊，您已經忘了嗎？」

看著拜蕾塔露出一抹豔麗微笑，原本目瞪口呆的瓦納魯多也揚起了嘴角。

那副神情，看起來就像在嘲笑自己一般。他也收斂起直到剛才像在自暴自棄的態度。說不定，他也是有著藉酒逃避的苦衷。

但也不能因為這樣就對婦孺出手。

「這樣啊……那傢伙娶了個這樣的女孩啊。知道了，隨妳高興吧！妳的要求是什麼？」

看來他沒有要反悔決鬥前那番氣話般的約定——拜蕾塔細細端詳著再次提起這個約

定的瓦納魯多。

「這個嘛，既然您要答應我的要求，正好是個絕佳的機會。雖然沒什麼大不了的，但我希望您可以給我一個東西。」

「哼，快說。」

「我想跟丈夫離婚。等他要從戰場歸來時，我想送一封離婚書狀給他。屆時父親大人能不能表明一下您也同意離婚呢？只要在信件上使用伯爵家的封蠟就可以了。」

「什……妳說離婚……？小丫頭，妳這是在玩弄繼承了舊帝國貴族悠久血脈的我等斯瓦崗伯爵家嗎？」

「這真是奇怪，您身為軍人，竟然替貴族派說話嗎？」

蓋罕達帝國的歷史上充滿著戰爭，因為帝國是透過併吞好幾個周邊國家而成。原本只是幾個小國湊在一起，統稱舊帝國；那些在舊帝國時代被任命為貴族的家系，就被稱作貴族派，大多是以過去美好的時代為尊，而且政治思想古板的人。相對的，像是拜蕾塔他們家系這樣的軍人，大多原本都是靠著戰爭功績而得到爵位的平民。雖是貴族，感覺比較像是一步登天，而且家世背景也尚淺。因此跟貴族派站在對立立場，並被稱作軍人派。

斯瓦崗伯爵家儘管繼承舊帝國貴族的血脈，但終究還是軍人，很有可能並不是那麼重視血統。

「哈哈哈！這還真是把一個有毛病的丫頭娶進門了，竟然在結婚當天就商量起離婚的事情。原來妳不是為了攀附地位才嫁進來的啊？」

「我只是剛好符合了丈夫提出的，像是要踢館般的相親條件而已。」

「什麼意思啊……」

這話說來實在太莫名其妙，因此公公會感到費解地瞇細雙眼，也是正常的反應。

畢竟比起任何人，拜蕾塔自己最想知道這到底是什麼意思。為什麼那個素未謀面的丈夫，要求妻子需要具備膽識及實力呢？實在太奇怪了。即使如此，想也知道就算她老實回答，也只會被公公取笑而已。

「那麼，就再重申一次一開始懇請您的事情吧！」

說出「往後禁止喝到爛醉」以及「品酒淺嚐即止」的忠告之後，他還真的爆笑出聲了。很明顯能感受到不知道該做何反應的芯希雅，還有在場以管家為首的所有傭人，看著主子這個樣子，都懷著震撼的心境呆站在原地。

就這麼好一陣子，伯爵家始終只回響著他的爽朗大笑。

從那晚決鬥之後，過了幾天。

在這之前，斯瓦崗伯爵家宗主似乎都過著沉迷於酒精的日子；而自從被拜蕾塔輕輕鬆鬆打敗之後，瓦納魯多就斷然戒酒了。

相對的，接連下來都是號稱劍術練習、實則進行對決的日子。可能是輸給一個女孩讓他感到格外懊悔，整個人脫胎換骨似的勤加鍛鍊之後，自然就會想找個對手。

不再喝酒的公公能力確實沒那麼熟練，但還滿難對付的。還以為只會展開一場唇槍舌戰，沒想到真的單手持劍在庭院對打，也真是變成奇怪的關係了。

簡直就像身在老家一樣，不，說不定比待在老家還要快活，沒想到住起來覺得滿舒適的。發現只要沒有丈夫這個存在好像就能隨心所欲的拜蕾塔，在伯爵家過著自在的生活。

更重要的是，這個家裡還有療癒人心的存在。像現在這樣經過走廊時，就有個惹人憐愛的女孩從門扉後面探出頭來。

因為害怕家人而躲起身影，但還是投來幼童特有充滿好奇心的視線。

「那個，姊姊大人……」

輕易就能打動人心。

發音不是很清晰的口吻，應該是因為還不太習慣說話吧？一個讓人覺得比實際年齡還要幼小的可愛女孩，喊著「姊姊大人」並用那雙仰慕的眼神看了過來，這是何等獎勵啊！

「怎麼了嗎？」

盡可能以溫柔的語氣並對她揚起微笑之後，女孩澎潤的白皙臉頰就淺淺地泛紅，抬起視線看了過來。自己絕對沒有露出好像帶著犯罪氣息的詭譎笑容……應該吧。

「我可以稱呼妳為蕾塔姊姊嗎？」

「當然呀！那我也能叫妳米蕾娜嗎？」

「嗯！」

看著臉上堆滿笑容、點點頭的小姑，拜蕾塔內心都跟著溫暖了起來，看來，結婚生活也滿不錯的。

既然丈夫短時間內還不會回來，那就繼續這麼在伯爵家度過快活的日子吧！

然而這個伯爵家，似乎有著比想像中更加嚴重的問題。

眼前這位小姑是公公跟婆婆所生的孩子，但芯希雅果不其然是現年五十六歲的瓦納魯多的後妻，現年三十歲。也就是說，她跟兒子安納爾德的年紀還比較接近。這種事情在貴族階級的婚姻當中滿常見的，不過強逼出身自貧窮的男爵家、當時二十歲的芯希雅結婚之後，公公很早就把親兒子趕出家門，在家為所欲為——主要是在酗酒及暴力這方面。

與前妻之間生下的安納爾德，一到了十五歲就進入軍官學校就讀，好像都沒有回到宅邸生活。畢竟宿舍設備一應俱全，就算沒有回家也不會傷腦筋。畢業之後似乎就待在軍方安排的住處，家裡沒有任何人知道他當時都在哪裡生活。因此，家裡沒有人能保護母女倆，傭人們也都膽顫心驚地煩憂著，不知道夫人跟小姐會不會哪一天就這麼遭到殺害。然而，又不能忤逆主子，況且也沒人能阻止再怎麼頹喪也是退役帝國軍人的公公，因此度過了一段氣氛相當緊張的日子。

這些事情，都是聽以管家杜諾班為首的傭人們所說。

在餐廳以劍規勸公公時，他們認為最終必定會演變成刀傷事件，全都嚇得一臉鐵青，幸好事情圓滿落幕，伯爵家的人也都紛紛表達感謝之意。從小就一天到晚都被說是男人婆、野丫頭，並一再被告誡要表現出女人味的拜蕾塔，有生以來第一次因為自己的個性而受人褒獎甚至感謝，不禁感到得意洋洋。

一開始還打算裝乖，沒想到露出本性卻被捧上天，活像個救世主似的。會樂成這樣也是無可厚非。

這件事要是傳回老家，大概會立刻被叫回去，但她牽起小姑一雙小手，下定決心直到被發現之前都會任意行事。

更重要的是，能保護住這雙可愛的小手令人開心，身上不再出現受暴傷勢的婆婆臉色也好多了，總覺得籠罩整個伯爵家的沉重氣氛都跟著煙消雲散。

「我們一起玩吧，米蕾娜，妳喜歡什麼呢？」

「我平常都跟娃娃朋友一起玩。也有書可以看喔。」

「這樣呀。那可以先請妳介紹朋友給我認識嗎？」

「好的。」

看著臉頰染上桃紅色並笑得開懷的少女，讓人感到心動不已。在只有兄長的拜蕾塔看來，米蕾娜顯得格外可愛。這更讓她體認到，有來到這個家裡真是太好了。

兩人一起走在走廊上，拜蕾塔也在內心細細品味著這份幸福。

在那之後，經過了八年的歲月。

這八年來，並沒有發生什麼特別值得一提的事情。公公要是聽到這句話大概會皺起臉反駁，但在自己內心的結論就是如此。

現在，拜蕾塔跟已經長大的米蕾娜一起站在某間店的前方。當年那個嬌小的女孩，現在身高已經跟拜蕾塔差不多了，頂多只有視線微微往下看的差距而已。見她成長為一位漂亮的淑女，身為嫂嫂也感到很自豪。

初夏涼爽的風吹動米蕾娜的裙襬，拜蕾塔瞇細了眼，看著這樣也很惹人憐愛的身影。

兩人站著的地方，座落於帝都的蓋帝亞大道及蘭克斯大道西南方，一間面向大馬路的店門前。雖然是一間外觀沉穩的小小店面，但將木門漆成白色，添上蕾絲裝飾，營造出一點華美的氛圍。

聽著伴隨開門響起的清脆鈴聲踏入店內，只見有好幾件禮服優雅地展示出來，靠牆設置的櫃子上，也整齊地擺放著小配件之類的商品。

這是一間洋裝專賣店。

在開心地挑選著洋裝的幾對母女身旁，拜蕾塔靠近她要找的那個商品櫃，並向米蕾娜招了招手。

這裡是拜蕾塔經營的商店。

無論什麼商品擺在哪個地方，她都瞭若指掌。展示著色彩繽紛禮服的一隅，是這一期的新作，也是拜蕾塔最推薦的商品。她第一眼看到時，就覺得這樣可愛的設計相當適合惹人憐愛的米蕾娜。

在戰爭越演越烈的時候，這間店的主要服務，是將那些不再需要的禮服拿來清洗後重製。當時的社會風氣下，太過奢華的衣裝會讓人多有微詞，即使是貴族也無法在服裝上挹注太多費用。然而，對婦人們來說，只要有社交需求還是會想打扮。因此，拜蕾塔就做起了拿現有的禮服加工，改製成另一件禮服的生意。由於能以不到從頭開始訂製全新禮服一半的價格便能做出一件新的禮服，轉瞬間就受到大眾歡迎。同時也會承接到客人自家重製禮服的委託工作，這樣的需求超乎預期的多。

就算是重視顏面的貴族，各家的內部情況其實還是滿窘迫的。只要搭上節約簡樸的風潮，也不用再那麼重視光鮮亮麗的格調。倒不如說正因為貴族率先穿上這樣的衣物，更成為最好的宣傳。比起二手衣，將這樣的商品稱為翻新禮服感覺也滿新鮮的，而且還能增添珍惜舊有好東西的附加價值。

此外，商品還標榜著翻新時會加入最新流行的元素，更是讓這間店大受歡迎。多虧了各位淑女們的口耳相傳，不但生意很好，業績也很順利地一路攀升。

然而聽聞戰爭漸漸要迎向終結時，拜蕾塔便改變了經營方針。

這間店改為提供稱為成衣的大量衣物，相對的，部分商品可以接受客製化訂製。導入了可以在既有禮服款式中自由更換布料的顏色，甚至能夠挑選鈕扣及飾品等配件的系統。除此之外，當然也有與軍方合作販售日常軍用品，以及襯衫、外套等標準化產品。為此還另外經營了大規模的工廠。

一個女人以企業家的身分忙碌地工作著，這也是她一直以來逃避戀愛及結婚的最大原因。其實本來是想以未婚的身分拓展事業，不過丈夫不在的婚姻生活也滿不錯的，因此現狀總之是埋頭於工作之中。

值班的店長發現拜蕾塔之後，微微點頭示意，但也僅只如此，立刻就去接待客人了。店長知道當老闆帶著米蕾娜來時是私人行程，因此不會多加干涉。

環視店內，小姑的雙眼都亮了起來，看著那些展示出來的禮服，她不禁發出輕聲讚嘆的模樣，確實是這個年紀會有的反應，令人莞爾。

「米蕾娜要不要也來做件禮服呢？」

「可以嗎？」

「當然呀。現在正好推出新作，可以挑選妳喜歡的設計喔。這個系列很受歡迎，很快就會賣完了，趁現在讓我送妳這個可愛的妹妹一個禮物吧！」

「謝謝妳，蕾塔姊姊。」

當她們站在禮服旁時，聽見身後傳來一道輕笑的聲音。

「妳們這樣看起來，就像是感情很要好的姊妹一樣呢！」

「舅舅大人，你來了啊。」

「嗯，剛好抽出一點時間，總算能來見見可愛的姪女了。」

回頭一看，只見一位身型修長的男人張開雙手迎向拜蕾塔。

飄逸著一頭接近黑色的焦茶色頭髮，一雙翡翠綠的眼睛開心地瞇細起來。

他是薩繆茲．艾德，雖然年近四十，但外貌看起來年輕許多。然而端正的臉蛋讓他顯得別具威嚴，是個既能看起來顯得年輕，也能看起來顯得成熟的男人。

他同時也是不僅止於帝國，旗下店舖遍及大陸全境的海雷因商會的會長。順帶一提，拜蕾塔的這間店也是由他出資。

「歡迎回來。舅舅大人過得還好嗎？」
奔向他懷裡互相擁抱時，拜蕾塔也端詳起舅舅的臉。看起來氣色還不錯的樣子，讓她鬆了一口氣。
「我只是出國去談個生意而已。現在看到我可愛的姪女，精神都振奮起來了。」
薩繆茲之前到東邊的鄰國納立斯王國談生意，一去就是半年左右。畢竟牽扯到大筆的金錢，應該是一樁有意義的洽商吧。由於是有些隱情的一場商談，拜蕾塔之前也滿擔心的，看來表面上是沒問題的樣子。
「能讓敬愛的舅舅大人這麼有精神，我也覺得很高興。你是什麼時候回來的呢？」
「前天喔。來，讓我仔細瞧瞧吧，拜蕾塔。」
「我已經長大成人了，不會再像米蕾娜那樣還有所成長呀！」
「確實，只是半年不見，米蕾娜已完全是個淑女了呢。這麼說也沒錯。即使如此，一段時間沒人盯著，都不知道妳有沒有捅出什麼簍子，實在讓人無法掉以輕心。」
舅舅知道拜蕾塔很疼愛她的小姑，時不時也會帶她到店裡來，因此他們也彼此熟識。但總覺得任誰跟個性沉穩的米蕾娜相比，都會像個男人婆吧！
「哎呀，這麼說還真過分。我也是個十足的淑女喔。」

「才為妳進到全國最優秀的高等學院就讀感到開心，卻一天到晚在校內引發騷動；看妳順利畢業，正覺得安心，竟然在我去談生意的時候就嫁人了；想說妳在結婚後應該會多少安分一點，現在不但擴大經營商店的生意，還擅自蓋起了製衣工廠。害我都不敢開口問妳，這半年來又做了哪些事情。」

在那雙完全不帶一絲笑意的翡翠綠眼注視之下，拜蕾塔不禁撇開了視線。

拜蕾塔是在十二歲時，進入帝國引以為傲的高等教育機構史塔西亞高等學院就讀的。然後就在十五歲畢業，並於十六歲結婚。在這段時間引發的騷動，確實是難以稱為淑女的行徑，不過，這也是有著逼不得已的苦衷。

但也因為這樣，她現在在社交界被說得像是玩弄男人的惡女一樣。像是跟公公、舅舅之間有著不可告人的關係，或是念書時把學院裡的男生都玩弄於股掌之間等等，被形容得很難聽。這些謠傳似乎出自嫉妒拜蕾塔的美貌之人、商場敵手，或是丈夫過往的戀人們。能放出這樣的毀謗也真是厲害，但說穿了拜蕾塔也一點都不感興趣——她埋首於工作之中，沒時間顧及這些。換句話說，就是放任謠言四起。

得知這些謠傳的舅舅一直都很擔心，但他也反過來利用這些謠傳，不讓那些等閒之輩靠近拜蕾塔，因此也沒有積極去澄清這些謠傳。

薩繆茲是母親的弟弟。雖然是經商家族的二男，但不知不覺間就離家去做生意了，那就是海雷因商會。經歷二十幾年的努力，讓海雷因商會成長為不僅止於帝國，店鋪更遍及大陸全境的大規模商家，而且現在依然持續成長中。拜蕾塔自詡奔放的個性、頑強的商人精神都源自舅舅，因此聽他說無法對自己掉以輕心這樣的評價，總覺得不太能釋懷。

舅舅在社會上也染指相當狠毒之事的傳聞，然而那些都並非事實，大概也參雜了對他眼紅的嫉妒。他跟自己一樣有著響亮的渾名，並以此賺取利益；自己不過是也找到了同樣的手法罷了。

不過拜蕾塔知道，別看舅舅這樣一臉爽朗的外貌，其實是個很有手段的人，因此也有點難以強烈否定那些謠傳就是了。

代替忙於經商的雙親、將舅舅養大的人正是母親，因此他也懷著相當深刻的感謝，比起雙親所說的話，他甚至更聽從姊姊。從她要跟父親結婚時，表達強烈反對意見的並非外公而是舅舅這點，就能看出端倪。父親好像被舅舅欺負得滿慘的，不知道是不是因為會回想起當時的記憶，父親直到現在也很害怕舅舅的樣子。

正因為如此，他才更如此疼愛與母親很相像的她。

薩繆茲強烈主張有商業頭腦的拜蕾塔不要結婚比較好，甚至寵溺到給一個十五歲的小女孩一間店面經營。表面上用的是管理店鋪的店長名義，但資金全都是舅舅提供，隨拜蕾塔經營——那就是現在這間店的前身。成年之後，拜蕾塔已經將所有的名義都換成自己的名字了。

拜蕾塔也知道自己深受寵愛，但相對的，在各方面看來也都讓舅舅擔心不已。

「雖然結婚了，但都還沒見過面，丈夫就跑去上戰場了，所以根本沒什麼感覺，要我因此安分下來是不可能的。而且我在夫家還過著比待在娘家更自由的生活，這點舅舅應該也很清楚才是吧？」

「說是自由，但父親大人一天到晚都要差使姊姊大人呀。今天在吃早餐時，也被吩咐下午要待在家裡呢，好像又要談什麼工作上的事情。」

「什麼？」

在米蕾娜的表情陰沉地這麼打小報告之後，薩繆茲的臉色也為之一變。

「米蕾娜，妳也真是的，我不是要妳別擔心嗎？沒有任何會讓舅舅大人擔心的事情，父親大人只是找我商量一點關於領地的事情罷了，像是要我幫忙看看領地的收支報告，或是問我最近市場的動向之類，基本上只是陪他閒聊。之前有時也會帶我到領地視察，但最近幾乎都沒有了。」

「原來如此，以前教過妳的事情派上用場，也讓我覺得很開心，我的寶貝外甥女真是伶俐，既聰明又可愛啊！但如此一來，就令人想不透了，我最近有耳聞斯瓦崗領地不太好的謠傳。」

本來以為舅舅又開始講起客套的誇讚，差點就要隨便聽過去，然而最後一句話語帶令人不安的感覺，讓拜蕾塔也跟著繃緊神經。

「舅舅大人是哪裡聽見那種傳聞的呢？在我接獲的報告中，都表示斯瓦崗伯爵的領地經營得滿順利的，而且在社交界也沒特別聽到不好的謠言呀！」

與拜蕾塔剛嫁過來的時候相比，狀況已經穩定許多。畢竟剛嫁過來的時候，公公一點也不在乎領地的經營，還全盤丟給傭人處理；就連實際踏入領地的次數，也是好幾年才一次的樣子。由於國家會派遣行政稅務調查官去檢查，他甚至曾大言不慚地說反正這只要看調查官提出的報告就好，是一件簡單的工作。察覺這件事之後，拜蕾塔就拎著公公的脖子強行帶他去領地視察，現在想想也成了一段美好的回憶。一起搭乘馬車前往領地時，可真是一整路都聽他埋怨，公公到現在甚至還會翻出當時的舊帳來。為什麼我非得要這樣帶領主前往領地才行啊？自己又不是負責監督領主的人……拜蕾塔會在內心一再抱怨這件事也是無可厚非吧？

待在領地的執事長有時會送來一些像是陳情書的信件，但感覺都不是那麼迫切的事情。不，說到頭來應該是要交到領主手上的陳情書，會送來給拜蕾塔這件事本身或許就有問題。儘管一邊自省當時應該要多抱持一點危機意識，然而時常陪同出席的社交場合上也不見什麼奇怪的狀況。講到領地也都是正面的傳聞，沒聽過有什麼負面的消息。

「因為有人巧妙地掩飾了這件事情。甚至連敏銳的商人們，都會特別留意不跟那邊進行太大筆的交易。」

「哎呀，這樣聽起來還真危險，能不能請你說明得詳盡一點呢？」

一旦向上抬起視線看著舅舅，他就一副相當開心的樣子揚起笑容。

「當然沒問題。不過，我雖然很想親口跟妳解釋，但說起來太花時間，就事先整理成一份報告了。」

薩繆茲將拿在手上的信件遞上前去，還拋了一個媚眼。拜蕾塔一邊道謝並接過了報告。

看樣子回家之後得向公公問個清楚才行。

「另外，還有一個好消息要告訴妳。據說鄰國答應勸降了。」

「艾德大人，這是什麼意思呢？」

米蕾娜發出驚呼。

「這代表兩國將締結停戰協定。實質上迎來戰爭終結。報紙近期應該就會報導這件事。也就是說，妳的兄長要回來了喔。」

「咦，兄長大人要回來了？那、那麼姊姊大人……會、會怎麼樣呢？」

平常就有告知斯瓦崗伯爵一家人，等戰爭結束，安納爾德確定要從戰場回來時，拜蕾塔就會跟他離婚。公公雖然不太情願，但婆婆跟小姑都大力贊成，應該是因為她們知道安納爾德冷漠的一面吧？她們甚至當面對拜蕾塔說過，就算有他這個丈夫，日子也不會幸福。

既然她們都保證就算他回到家裡，可能也對拜蕾塔一點興趣也沒有，那就更想跟這樣的丈夫離婚了。

拜蕾塔已經二十四歲，但她還有許許多多想挑戰的事情。戰爭一旦結束，帝都也會跟著復興吧？既然需求會增加，生意也會跟著好起來，熱絡的景氣想必是現今無法比擬。

拜蕾塔的商人腦筋已經快速地動了起來，世上還多的是她想賣的東西、想採購的東西。怎能容許受到一個對自己毫無興趣的丈夫阻撓。

「我聽說會從南部戰線開始撤退，但第一批應該是下級士兵。妳的丈夫是負責指揮的校官，現在大概還待在前線基地吧！」

「那我這就寄離婚書狀過去，得趕緊行動才行。」

「姊姊大人，雖然有些寂寞，但我還是會替妳加油的。」

「謝謝，米蕾娜。也謝謝舅舅大人告訴我這個消息。」

「如此一來，我的寶貝姪女就會恢復自由身，再多的協助都在所不惜。順利的話，要不要一起去西南方採購呢？我找到一些有趣的礦石，想必妳也會喜歡。」

「舅舅大人真是的，也太心急了，但我很期待喔！那麼，我得趕緊去見父親大人了。」

拜蕾塔面帶微笑，然而挺直的背脊所散發出的氣魄非比尋常。

一回到斯瓦崗伯爵宅邸，拜蕾塔就立刻奔向公公的辦公室。一聽到做正當生意的商人會收手，她就已經覺得事情相當可疑了，但在回家的馬車裡看起舅舅給的報告時，還是倒抽了一口氣。

根據那份報告顯示，事情是跟領地的穀物有關，實際收穫量計算出來的納稅金額跟

申報的數字有所出入。簡單來說，就是貪汙。

聽瓦納魯多說，剛好負責巡視領地的調查官今天下午會帶報告過來，因此拜蕾塔先將離婚書狀的事情擱在一旁，主動表示要一同出席。是不是之前不該將所有領地工作都交給擔任領主的公公處理呢？然而，這本來就是公公的怠慢所致。

強忍下想逼問公公的心情，拜蕾塔一邊警戒調查官，伺機而動。

「領民們都困苦到連要圖個溫飽都有困難……」

一如公公所吩咐、在午餐時間過後現身的調查官，一臉悲痛的樣子傾訴著，他顫抖雙肩的模樣，甚至教人感到憐憫。

隔著辦公室裡的會客區與之對峙時，那逼真的演技讓拜蕾塔頓時語塞。然而公公還是一臉不高興的樣子，用冷漠的語氣說：

「已經有另外送物資過去了吧？為什麼還會不夠？」

「不，那些物資都已經分發下去了。然而今年出生人數較多，因此數量不足。」

坐在公公旁邊的拜蕾塔對他問道：

「明明作物歉收，出產人數卻比較多嗎？」

「咦？是的。」

「請問現在死胎及死亡人數各為多少呢？」
「呃，這……呃，我記得在這邊……請參考這份資料。」
接過調查官拿出來的文件，一一看過上頭記錄的領民人口、出生人數、死胎人數，以及死亡人數等數字。然而只是粗略看過去，就讓拜蕾塔不禁皺起眉頭。
「那個，從這份資料看來，跟往年相去無幾啊。」
「這……確實如此呢。」
「咦？但都因為作物歉收而造成物資不足了，為什麼死亡人數還是沒有太大變化呢？」
拜蕾塔的提問，讓調查官神色大變，那不再只是悲痛而已，真的是一臉鐵青。感覺好像馬上就要昏倒一樣，公公也頓時察覺他的反應很可疑。
「這是怎麼回事？」
「非常抱歉，應該是文件有所疏漏。大概是我帶成在某個環節有數字出錯的資料了。」
「開什麼玩笑！」
公公怒吼一聲並站起身來。

接下來就進行得相當迅速了，立刻對調查官嚴厲追究這件事，讓他自白。根據他的說法，這似乎出自領地的執事長所下的指示。

在那之後，就把調查官交給憲兵處理了。雖然有確認到他的其他罪行，但基本上領地的問題都是領主該解決的事情，因此也不用期待憲兵還會給出什麼情報。只能為了不再讓他罪加一等並送進牢裡而已。

在剩下兩人獨處的辦公室裡，拜蕾塔看向氣憤的公公。

「什麼叫經營狀態毫無問題，問題堆積如山！」

「畢竟父親大人個性坦率，更猶如善人典範般不加懷疑，想必平時也是形式上收下報告、不會嚴加查核，就讓調查官回去了吧？只是稍微調查了一下，就能發現穀物的收支數字已經有好幾年不吻合了。總之，父親大人還是先跑一趟領地，嚴格地監督一下比較好。平常看您總是沒待幾天就回來，我就覺得不太對勁……這樣說來，是您的監督不夠透澈喔！」

「嘖，妳還是一樣講話這麼囂張……就算花再多時間去領地視察，也不會有任何改變。」

聞言，拜蕾塔硬是吞回「怎麼可能沒差」的頂撞，並盡可能保持冷靜地說：

「似乎是有一群可疑人物在盜賣穀物的樣子，而且還是賣到鄰國去……」

「妳從哪裡聽說的？」

「商人有商人的情報網呀。」

讓公公瞥了一眼薩繆茲給的報告內容之後，他不屑地哼了一聲。

「那妳也跟老夫一起去。」

「我嗎？」

「包含移動日程在內，跟老夫前往領地十天左右，妳去調整自己的工作，配合安排。畢竟還要蒐集這邊的資料才行，就在一個月內前往好了。」

「這也太強人所難了。我接下來還有新款的禮服要上市……也要推廣這一季的流行趨勢……」

「跟領民相比，何者重要？」

這是什麼宛如新婚妻子會說「工作跟我哪一個重要」的問題啊？從沒想過竟然會從年紀比自己父親還大的瓦納魯多口中聽到這句話，一點也不可愛，而且完全不會讓人感到怦然心動。但是，即使丈夫不在，只要家裡還有這個蠻橫的公公，媳婦好像也只能服從了。

於是，就這麼決定了要一同前往斯瓦崗伯爵家領地視察。然而，拜蕾塔今天的目的不只是要報告關於調查官的事情。

「父親大人，您知道即將締結停戰協定的事情嗎？」

「喔，確實有聽說這麼一回事。真的要締結協定？這麼說來，家裡有收到要寄給兒子參加典禮的邀請函，那應該就是慶功宴吧？」

「應該是呢，所以說，我想寄出以前拜託過您的離婚書狀。」

拜蕾塔一邊說著，一邊將準備好的離婚書狀拿到瓦納魯多的眼前，但他只是看了一眼內容就冷哼了一聲。

「這書狀的內容還真是諷刺，而且妳竟然是真的要離婚？」

這封信寫著要給素未謀面的丈夫確實有些諷刺，但對拜蕾塔來說，這是毫無虛假的事實。內容旨在聽聞戰爭結束，因此要跟丈夫離婚。除此之外，也沒有什麼要寫的內容。

「是可以協助妳寄出這封信，但要是兒子沒有任何回覆，老夫也沒轍。」

「當然，我可不能再多加勞煩父親大人，您只要留個署名就可以了。」

對方是個沒見上一面就前往戰場的丈夫，既然對自己沒有任何執著，應該會乾脆地答應離婚才對。雖然凡事都有可能發生無法預測的狀況，但這次想必只要送一封信過去就能解決了。

「妳就這麼想離婚？也沒見妳有想改嫁他人的意思啊。」

「畢竟我本來就沒有打算要結婚呀！我可不想被丈夫束縛。」

「比起束縛，兒子應該會隨妳過自己的生活吧，跟現在也相差不遠。」

「即使如此，在許多狀況下，妻子還是必須跟丈夫一起行動；而且，也會有些事情不希望妻子去做的吧？再怎麼說，應該都不會答應妻子出國採購才是？」

「老夫是不知道他會干涉到什麼程度，但大概不會隨便讓妳出國吧？」

「那就太痛苦了。一想到說不定會錯過商機，就讓我感到萬分恐懼。而且採購商品時，我還是希望能夠親眼確認。」

拜蕾塔這麼強調之後，公公傻眼地嘆了一口氣。

「可真是商人本性啊。」

「謝謝您的這番讚揚，就是如此，我才想恢復自由身。」

「隨妳高興，但妳還是要陪我去視察領地，就算締結了停戰協定，他也不是馬上就會回來。」

「話雖如此，他也可能隨時都會回來呀！所以我希望能夠盡早離開。說到頭來，領地問題本來就是父親大人的工作呢！」

「哼，一開始指出疑點的是妳，老夫可要妳負責到最後。為此，妳得繼續留在家裡一段時間。反正兒子就算從戰場歸來了，想必也不會回到家裡吧！」

公公語氣平淡地說。他們父子關係確實很差的樣子，就連傭人們都是異口同聲地斷言，若非特別重大的場合，拜蕾塔的丈夫是不會來到這個宅邸露臉的。

「我知道了，屆時會與父親大人一同前往領地。」

就算信寄出去了，他也確實不見得會立刻歸來；就算真的很快就撤退了，大概也不會跑來見一點都不感興趣的妻子。自己的行囊也都已經整理好，隨時都能離開，不過接下來這一個月還是得配合公公才行。

拜蕾塔竟然稍微鬆了一口氣，看樣子，還是有點捨不得這個家。

「說來也真奇怪，明明一天到晚都被父親大人使喚……沒想到在這裡的生活也過得滿開心的呢！」

「妳還是一樣，蠻不講理的話都能直言不諱啊。至少也有點淑女風範，文雅地道謝一下吧？」

「哎呀，父親大人才是，誇讚人的品味一點都沒變呢！直到最後都沒能矯正這一點，真令人感到懊悔。非常抱歉，是我能力不足。」

面對乖乖道歉的拜蕾塔，公公露出難以言喻的表情，緊閉起嘴巴。然而，要是再更惹怒他就太危險了，說不定還會鬧起脾氣，不願在信上署名。

「我也會去調查一下關於穀物的事情，還請父親大人在信上簽下一筆。」

拜蕾塔提出退讓的意見加以安撫，於是公公在離婚書狀上署名之後，還印下了伯爵家家徽的封蠟。

雖然在那隔天就把信寄往戰地，但過了半個月也是音訊全無。由於《帝國日報》後來也刊登出正式締結停戰協定的消息，因此丈夫肯定是要歸來了。然而，即使是郵遞時程有所延宕，也不至於過了這麼久都還沒有消息。

儘管覺得費解，要去領地視察的日子也一天天逼近，拜蕾塔每天都忙得不可開交。

瓦納魯多整理了至今從領地傳回的所有報告，並總算將放在帝都的資料都看過一次了。由於前往領地視察的日子就訂在四天後，拜蕾塔也一邊整理工作並做好準備。

就在這樣日常中的一個深夜。

拜蕾塔忽然察覺房間裡出現他人的氣息，並醒轉過來。四下很昏暗，從窗簾的縫隙間照進來的月光，是唯一可以仰賴的光源。

寢室裡應該只有自己一個人而已。然而，卻能感受到他人投來強烈的視線。

不經意撇過頭去，就能看出有個男人正站在床邊。在勉強只能看見他身形的輪廓、模糊表情的視線之中，拜蕾塔強忍下驚嚇的哀號，緩緩撐起身體。

半睡半醒之間的朦朧視野中，只見輪廓總算清晰了一點的男人有著相當漂亮的臉蛋。細長的雙眼，挺拔的鼻梁，以及一對薄唇，五官全都端正到幾乎教人害怕。

「老公，初次見面。以這樣的打扮相見真是抱歉。」

「呵，初次見面。現在已經是深夜時分，穿著睡衣是理所當然。怎麼會知道我就是妳的丈夫呢？」

低沉的嗓音，聽起來還滿順耳的，他開心笑著的模樣也讓人抱持好感。在大家口中這個殘忍、冷酷之類，總之是個冷冰冰的男人，此時的神情卻很柔和——看來傳聞終究只是傳聞罷了？

然而，拜蕾塔卻覺得站在一旁的男人好像在壓抑著某種氣憤怒火似的冷漠。不知道他究竟是對什麼事情看不順眼，感覺就像在按捺不悅的心情。

自己的脖子一陣發麻。

通常遇到要格外小心的時候，就會產生這種感覺。像是遇到傷腦筋的客人，或是公公硬是將棘手的工作塞過來找麻煩的時候。

「家裡的人跟我說這裡是夫妻的寢室，而且能像這樣堂而皇之地凝視女性睡臉的人也很有限。你是什麼時候回到家裡來的呢？」

剛嫁來這個家的時候，就有聽人說明過這裡是給他們夫妻倆的房間。本來好像是丈夫母親在用的房間。這裡跟安納爾德的房間連通在一起，所以就改建為夫妻的寢室。旁邊是丈夫的房間，另一邊則是安排給拜蕾塔的房間，三個房間連通在一起，中間休憩之處就是夫妻的寢室。

「我剛剛才到。」

雖然這麼說，他身上卻是簡樸的襯衫及休閒褲的打扮。對於他並非穿著軍服，而是日常服飾，拜蕾塔總覺得有些奇怪，怎麼看都不像是才剛從戰場回來，而是一副已經安頓下來的感覺。但她並沒有言及這點，並向他慰勞道：

「辛苦你了，請好好休息。」

「我會的，但有件事情我覺得還是早點跟妳說比較好。」

他高舉起拿在手中的一封信，那是拜蕾塔在大約一個月前寄往南部戰線的離婚書狀。看來是有順利送到對方手中，但此時卻籠罩著一股與安心相去甚遠的氣氛。

這究竟是什麼意思？原本以為會在雙方同意之下答應離婚，然而從他身上卻感受不出這種傾向。忍著背部滑落的冷汗，拜蕾塔故意緩緩開口：

「這樣三更半夜的，是要跟我說什麼呢？」

「也是，要談的內容，確實不比在戰爭一結束就說要離婚還更令人出乎意料。」

他在生氣。

而且相當惱火。

他沉穩的語氣可說是相當平靜，真要說起來，能算是心情很好的樣子，但不知為何就是能感受得出他極為憤怒。

拜蕾塔差點就要嘖了一聲。因為不想跟對方見面，所以才盤算著只將離婚書狀寄過去之後就趕緊逃離這個家；沒想到對方竟然朝著挽留的方向採取行動。

她甚至想過，丈夫可能還會樂得答應離婚。然而這樣的做法似乎錯了。如此一來，為了看穿這個男人的心思，就得更了解他一點才行。

「老公，非常抱歉。我本來只是想為忙碌到沒時間見上一面就趕赴前線的你，多少減輕一點負擔。何況就算回來了，你想必也要忙於工作，總不能給你帶來麻煩。」

「是沒錯，我確實一直忙於工作，幾乎沒有什麼私人時間。但畢竟是在戰場上第一次收到妻子寄來的信，多少還是感到有些雀躍。但可真沒想到竟是要提離婚的內容，那確實讓我焦急不已。」

他用完全感受不到焦急的口吻這麼說。男人話說至此，便像在試探般開口說：

「妳現在依然想跟我離婚嗎？」

「是呀，這是……當然。」

「如果妳想離婚的理由是素未謀面，我們現在就像這樣面對面交談了，因此也無法成立呢！除此之外，還有什麼理由呢？」

「八年來都將妻子置之不理，應該足以成為離婚的理由才是。」

「原來如此。但戰爭期間算是特例，我想，現今也有許多夫妻都是這樣吧？而且戰爭一結束就立刻提起這件事情，想必在妳心中沒有絲毫要慰勞戰場上的丈夫的打算？」

到前線作戰當然很辛苦，但就算沒有自己的慰藉，想必也有很多人願意撫慰一如傳聞貌美的丈夫吧。實際上，就連在昏暗的光線中也都能看出他端正的容貌，想成為他妻子的人，應該多到雙手都數不清才是。多虧如此，讓拜蕾塔受到各方投來的嫉妒與羨慕，在社交界被人在背地裡壞話說盡。明明多的是想成為他妻子的人，難道自己就不能想將這個身分交付給其他人嗎？

真的不懂他為什麼要執著於自己。

「對你來說，才真是不需要一個素未謀面的妻子吧！」

「以我的立場來講，已婚的身分對我相當有利。往後要參加軍方舉辦的活動時，與妻子一同出席也不會產生無端的紛爭。」

原來如此，這才是真心話啊。拜蕾塔這麼在內心暗忖著，嘆了一口氣。

也就是說，如果有個花瓶妻子，對他來說才是工作環境上會比較順遂吧？這種事情給想做的人去做就好了，沒道理要自己配合到底。

因為會被強行加諸妻子的身分，才會打算要在他回來之前趕快逃離；因為表現出對拜蕾塔不感興趣的樣子，才以為安納爾德會很乾脆地答應離婚，並另娶一個妻子。然而，此時面對的現實情況卻出乎意料。

忍不住對自己的愚蠢感到惱火。

他這麼說的意思，就是甚至懶得再去找一個新的妻子——之前可都沒聽說他是個這麼怕麻煩的人。

「不過我連一封信都不曾寫給妳，這八年來完全沒有回家看看妳也是不爭的事實。所以，我也不能踐踏妳想離婚的這份期望。所以，要不要跟我賭一把？」

雖然那樣嘲諷自己寄出離婚書狀的事情，但他所說的話也足夠令人出乎意料了。拜蕾塔立刻就閃過這樣的想法。

「賭一把？」

感到費解地這麼反問，安納爾德便輕輕點了點頭。

「是的。妳要是贏了，我就答應離婚；然而如果是我獲勝，妳就得當我的妻子一輩子。」

「男士們真的很喜歡下賭呢。竟然要用這種遊戲般的方式決定生涯大事……」

「還是說，妳不跟我賭呢？如此一來，妳就只能像隻籠中鳥，在我的束縛下結束此生。」

男人為什麼總是深信主導權在自己身上呢？聽聞這種傲慢的話，儘管覺得傻眼，然而站在女人立場的自己，可說是等同於沒有選擇的權利。

這悄悄在拜蕾塔累積至今的自尊心上點燃了火苗。

「既然能夠自由選擇，我當然要掙扎到底。」

「呵，妳這個人果然就是要這樣回答才對。」

才第一次見面而已，他又了解自己什麼了？拜蕾塔可從來不覺得自己有這麼輕易就被人看透。

掩飾煩躁的情緒，她歪過頭問：

「那麼，要以什麼當賭注呢？」

「既然是要賭上人生，就用相襯的事物當賭注吧。接下來這一個月，我會跟妳上床，端看能不能懷上孩子而定，這樣如何？」

「什……！」

即使是拜蕾塔也不禁語塞。

至今與其說相當自愛，還比較接近對這方面的事不感興趣，就這麼活到現在。早已過了理應還是處女的妙齡。然而實際上就還是個處女，這也沒轍。然而，總不能委身於一個自己也不愛的男人——更何況還是為了一場賭注。

而且，竟然這樣看待孩子。

未免太過輕視一個會誕生於世的生命了。還是對上戰場的人來說，並不認為士兵的人數是一條條生命，不過是數字而已呢？是長久以來的戰爭麻痺了他的感受嗎？還是說，他的個性本來就是如此？

然而另一方面，也有一道聲音告訴自己「只要忍耐一個月就能重獲自由」。就算這一個月跟他發生關係，也不知道是不是真的就能懷孕，就這點來說，算是對他不利的一項賭注。

時不時就耳聞有些夫妻會悲嘆著想生個孩子卻無法實現。

拜蕾塔腦海中浮現出一個想法，認為這會不會就是丈夫最大限度的讓步？但這也不改他瞧不起人的事實，拜蕾塔實在無法理解他為什麼會對自己表現出這種接近厭惡的態度。

說穿了，在要嫁過來的時候，就早已做好會因為丈夫而失去純潔之身的覺悟；不過當初確實也是一心計畫著要如何逃離就是了。換句話說，早就認為這個行為本身應該無可避免而死心了。

無法退讓的，只有一件事情——

即使如此，也想得到自由。

「妳要怎麼做呢？如果妳要就這樣繼續當我的妻子，我也完全沒問題就是了。」

「你應該不會再重新考慮一下賭注的內容了吧？」

「本來就該做好多少承擔一些風險的覺悟才是？」

「為什麼妻子也要承擔風險呢？」

「戰爭期間將妳棄之不顧是我不對，但是，既然我都聽從妻子想離婚這樣任性的要求了，雙方應該都要承擔應有的風險才對。」

說這是妻子的任性啊。

儘管自願上鉤，但自己終究是個商人。

在商場上的確要有承擔風險的覺悟，然而能夠設法迴避風險，才是一流的商人。現在不但沒有時間好好沉思，也很容易想像得到眼前的男人大概是不會顛覆這項提議了。

「我知道了，就一個月，請你務必要遵守約定喔。」

「好，我會遵守的。不然，要寫下字據也可以。」

「那能請你準備嗎？」

「沒問題。這樣我就視作妳同意囉。」

這麼說完，他突然就壓上拜蕾塔的身體。

「你、你要做什麼？」

「賭注即刻開始了喔！今晚就當作初夜吧。」

「初、初夜？你都還沒寫下字據給我！」

「但妳已經同意這項賭注了吧？反正無論現在還是往後，要做的事情都是一樣的。」

「要、要做的事……呀啊！」

在埋怨的話說出口之前，睡衣交疊的衣襟就被直接敞開。

隨之彈出的乳房讓拜蕾塔的臉瞬間熱了起來。

做好這樣的覺悟早已是八年前的事情，誰能想像得到他會突然回來，更立刻就要索求自己的身體——羞恥的感受頓時襲向混亂的腦袋。

「你做什麼！」

「我只是在確認妻子的身體而已，身軀比想像中還要美麗，來，妳別遮了。」

丈夫拉開了自己遮掩在胸前的手，並固定在上方。四下雖然昏暗，但從窗簾的縫隙間穿透進來的月光，以及從走廊透出的光線，就足以讓人看得清晰。在無法遮掩的狀態下，全身上下都被他緊盯著打量一番，讓拜蕾塔更感害羞。

「腰這麼細，胸部卻是如此豐滿，這副身軀都不知道誘惑了多少個男人……」

都還來不及追問這麼說是什麼意思，丈夫的手就撫上了胸口。感受到刺激，自然就流洩出甜美的細吟，一陣酥麻的感受更是直擊腰際。

對於第一次感受到的歡愉心生困惑，儘管拚命想壓下身體的感受，卻絲毫不見效果。

「等一下，不要……這樣好奇怪。」

「妳只是很有感覺而已，坦率一點，感受這份歡愉吧。」

緩緩向下撫去的手給全身帶起一股戰慄，只是這樣觸摸而已，就按捺不住發出嬌嗔。

明明是第一次被人這樣觸碰身體，卻幾乎做不出像樣的抵抗。才以為這是對於未知感到恐懼，卻又完全不像這麼一回事似的，一味地受到難耐的感受侵襲。

混亂的腦袋漸漸像是蒙上了一層薄霧一般，無法清晰地思考。感覺就像被自己背叛了一樣深受打擊，但千絲萬縷的思緒很快就紊亂不已。他的手跟舌頭都牽引出令人難以置信的舒坦，更有令人發顫的快感在體內亂竄。

他的手就這麼抬起纖細的腳，但拜蕾塔依然只是茫然地任憑他擺布。

「乖孩子。來，舔一下。」

他修長的手指伸到嘴邊，在如醉如夢的朦朧思緒之下，只能照著他說的伸出舌頭舔上手指。分明只是這樣的動作，內心卻難以置信地高昂起來。這時，他忽然抽走了手指。

「嗯……」

「不用發出那種很想要的聲音，我立刻就會滿足妳了。喏，這邊讓妳比較舒服吧？」

他的手指在體內迸發微弱的火花，太過強烈的感受讓拜蕾塔不禁伸手攀住安納爾德的身體。

「啊！嗯嗯……怎麼……！」

「不用這樣裝純情，我還是會好好滿足妳的，很舒服吧？」

他的手指不斷放大了身體深處的熱度。一陣難以言喻的歡愉滲入四肢百骸，表情跟聲音也都漸漸陶醉不已。

「啊啊……！」

「真是放蕩的身體。別露出那種不夠滿足的表情，妳想要的是在更深處嗎？」

隨著激烈的動作，聲音也越來越難以抑制。接連不斷地發出的嬌嗔，讓他揚起嘴角。

「盡情放蕩也沒關係喔，請讓我多認識妳這個妻子吧！」

時隔八年的初夜，就這麼緩緩流逝而去。

安納爾德將經歷初夜而累到睡著的拜蕾塔留在床上，逕自打算去洗澡便穿起放在寢室裡的睡袍。

黎明時分的房間裡還是有些昏暗，但至少可以看得見東西放置的地方。他淡漠地行動的態度難以想像是在一陣激情過後，然而這也是一如往常。

不過昨晚，就連自己也覺得好像太粗魯了。很久沒有像那樣被一股怒火般的激昂驅使著。而且懷著那樣的心情跟女人上床還是頭一遭。對自己來說，就連在戰場上的時候，要抑制性欲都並非難事。就算沒有對象，也多的是可以讓自己趨於平靜的方式。就這點看來，或許可以說是安納爾德的潔癖。

這樣的自己竟會像在找麻煩似的跟看不順眼的女人上床，光想都覺得不可思議，更沒想到竟真能這麼乾脆就發生關係，甚至有點掃興。她在就要發生關係的時候確實有出聲抗議，但實際上看起來也是相當陶醉的樣子。本來沒有打算要讓她蕩漾到像在討她歡心一樣，但也確實受她誘惑到令人惱火的程度，動作也就自然地變得粗魯。

會結婚也是出自長官的命令。因為本來就不感興趣，所以就跟長官說希望是一位有骨氣又有膽識的女性。原本還覺得很有趣地笑了笑的他，沒想到竟真的介紹了一個對象，於是不小心就答應下來，成了一切的開端。

還以為上戰場可以讓自己的人生增添一點樂趣，實則不然。然而當局勢步步邁向停戰時，卻又覺得好像少了些什麼，因此戰場應該還是有給予自己一點刺激吧？不過，也就僅此而已。短時間內不會再有大型戰事，或許會被派去鎮壓一些小規模的內亂，但大概也不會那麼頻繁發生才是。

正當覺得有些鬱悶時，素未謀面的妻子所寄的信，就送到戰場來了。

這才回想起自己已經結婚的同時，看著信件內容因而多少抱持了一點期待，大概就是一個錯誤吧。從信件的內容看來確實充滿挑釁意味，感覺得出對方是個有骨氣又有膽識的女性。接下來就對這個連自己都忘記她的存在，也素未謀面的妻子產生了興趣。

接到歸還命令之後，回到帝都已經過了一個多星期。安納爾德但並沒有直接回老家，而是悄悄回到軍方配給的住處蒐集關於妻子的情報，沒想到她竟是個天大的惡女。

傳聞中以她跟知名富商的舅舅之間有著不可告人的關係為首，其他像是在就讀帝都第一的史塔西亞高等學院時，還跟同學爆發刀傷爭執的事件；在跟自己結婚之後又跟父親有著親密關係；甚至只是到斯瓦崗領地三次左右，就收服了大批信眾的樣子。雖然不認為她跟這些人全都有著肉體關係，但這令人暈眩的不悅，甚至讓自己對介紹這種對象的長官起了殺意。確實是有骨氣又有膽識，完全吻合自己給出的條件，但還真是個荒唐的惡女。

這樣的妻子提出了離婚的要求，不知道是出現了條件更好的對象，還是單純想斷絕跟公公之間的關係呢？無論如何，對因為跟自己毫無關係之事而想逃離的妻子，安納爾德第一次產生了激昂的情感。

他甚至不禁佩服起對方，竟然能將自己惹怒到這種程度。

「竟然娶了一個這麼不得了的女人，但要順著對方的願望離婚也很令人火大……」

是會應允離婚，然而，也想給對方一個教訓。安納爾德在腦子裡縝密地擬定計畫，並想到了這個賭注。

蒐集到情報也做好準備的安納爾德，趁著深夜時分潛入妻子睡覺的寢室。

躡手躡腳地靠近之後，在透進來的月光底下，女人正在熟睡當中。

看樣子是沒有堂而皇之地跟父親一起睡。

只靠著淡淡的月光無法鮮明地看清她的髮色，但即使閉著雙眼也是個美麗的女人。那纖長捲翹的睫毛感覺幾乎能在眼下留出陰影，向上勾勒出弧度的鼻形也很漂亮。再加上那澎潤性感的雙唇，以及遮掩在被子底下的起伏曲線……全都足以讓人聯想至今不知道誘惑了多少男人。

心想「這就是自己的妻子」並盯著看了一陣子之後，她的雙眼忽然輕顫了一下，緩緩睜開。

女人察覺到站在床邊的安納爾德並撐起身體，也沒有發出驚呼，就這麼平靜地開了口。這女人到底是有著多大的膽識！而且能冷靜地判斷出自己的身分，教人不禁懷疑她是不是真的有睡著。

不愧是一直遊走於好幾個男人之間的女人。

還在看狀況思考要怎麼搬出賭注才好時，她立刻就要自己趕緊去休息。感受到那股要把自己趕出房間的態度，讓安納爾德不禁意氣用事。

自己的妻子竟然沒有要慰勞從戰場回來的丈夫，自顧自地利用完就想離開了嗎？抱

持過度的期待確實是自己太愚蠢了，但無論這樣告訴自己多少次，依然無法消弭打從心底湧上的那股黑暗混濁的情感。

儘管自己是個不太懂心思微妙的變化、宛如人偶般的人，但情感也沒有淡漠到連被瞧不起還能處之泰然。

一說出賭注的內容，就連她也不禁倒抽了一口氣，總算是答應了之後，立刻就將她壓倒在床上。自己並不是想要孩子，不過是想嘲弄她而已。僅是單純想看看這個至今無論跟多少男人上床都沒生過孩子的女人，面對這樣的條件時，究竟會露出怎樣的表情。

當然，我沒打算要一輩子跟她當夫妻。如果可以一吐怨氣，之後就會將她棄之不顧了。更何況自己還有工作要處理，並沒有閒到還能搭理她。這一個月是軍方給自己的假期。即使如此，要將難得的休假都耗在這種事情上也太蠢了。

然而，看著答應這項賭注的妻子，安納爾德不禁後悔了。她是不是覺得勝券在握？說不定她其實是生不出孩子的體質？否則安納爾德實在無法想像，也不願去思考她究竟有著什麼樣的理由，寧願做到這種地步也要逃離妻子的身分。

於是就這麼粗暴地擁抱了她的身體。

究竟有幾個男人碰過這副身體了？自己將會成為那其中一員。我並不是因此感到厭惡。但一想到懷中是父親也曾碰過的對象，就覺得心情有些複雜。只是這樣而已，而且那也不過是細微的動搖。

至今發生過關係的女人當中，沒有任何一個人是處女。既然挑選的是不留後患的對象，當然必然如此。因為這樣，覺得她體內既生硬又狹窄的感受，也僅認為她的身體應該本來就是這樣而沒有多想。反正也足夠濕潤，行為本身也能順利地進行下去。

分析情報，並做詳盡的解析。

平常工作時都在做的這些事情，為什麼這一晚的自己偏偏沒有做呢？

明明正確的道路以及答案都在在浮現於眼前了。每當回想這個初夜，安納爾德就會產生難以言喻的心情。然而，不管回想多少次，得出的結論都是那個時候的自己，真的沒有注意到吧？

——就這樣，迎來了令人衝擊的早晨。

明亮的朝陽照耀下，此刻安納爾德在沉睡的妻子身旁深陷絕望之中。

完全無法整頓自己的思緒，腦中呈現一片空白。不，應該說能夠理解，只是無法接

受而已。

洗完澡之後，才正想回自己的房間睡回籠覺時，不經意循著捲起的被子看去，並凝視著純白的床單——正確來說，是凝視著落在上頭的汙漬。

是血跡。

大小就跟平常別在胸前的勳章差不多而已，不可能是致命傷。

這是在戰場上常會見到，但在自己家裡不太常看見的東西。不，如果不小心被刀刃割傷手指也是會看見。安納爾德不禁自嘲起那又怎樣。

確實自知深受動搖，因為那樣一點點的血跡，將為自己帶來足以顛覆整個人生的衝擊。

拜蕾塔早上清醒之後，已經不見丈夫的身影。

身旁的床單已經不再留著溫暖，他應該是很早就離開了吧？說不定根本就沒有睡在自己身邊，畢竟床單整齊到讓人不禁這麼聯想。

拜蕾塔被換上新的睡衣，身體也被擦乾淨了。會不會是安納爾德替自己整理的呢？他或許還是有在反省，竟憑著滿腔怒火度過這個初夜？雖然一點也看不出來他是這種坦率的個性，總之有這個可能性的也只有丈夫而已。

即使他將自己身上整理得好像昨晚什麼也沒有發生過似的，很可惜的還是無法產生「那或許是一場夢」的錯覺。畢竟聲音喊到喉嚨都痛了起來，雙腿間好像夾著某種東西的異物感，全都能明顯地感受到。被自己的身體背叛的感受至今也無法消弭——無論是那麼放蕩的反應，還是陷入朦朧不清的意識之中，都在在傷害了自尊心。

然而，就賭注來說，接下來這一個月都還得配合那種行為才行。儘管產生「中計了」的不悅感，要後悔自己太過草率也來不及了。

但不管可以重新選擇多少次，都還是會交付出身體吧？自己就是這麼想要離婚，重獲自由。拜蕾塔內心不斷吶喊著絕對不要度過只能被丈夫束縛的人生。

然而這個狀況也太尷尬了，連跟公公及小姑見面都覺得難為情。都說了那麼多次會跟丈夫錯開似的離開，然而那個期間卻又延長了一個月，難免讓人心生鬱悶。總覺得比起身體狀況，精神上更感受到超乎預期的疲勞。就在這麼想著並撐起身體時，和剛好進到房間的丈夫對上了眼。

在早晨柔和陽光之中看見的他，散發出不同於夜晚的性感。跟昨晚一樣簡樸的襯衫跟休閒褲的輕便打扮，反而更襯托出他的俊美。

拜蕾塔自認對於他人的外貌不太感興趣，但一看到他的臉，還是會切身體認到是個相當漂亮的男人。看不出來已經三十幾歲了，柔軟灰髮猶如絲綢般細緻，而那雙細長的祖母綠眼更帶著豔麗的目光。

帶著透明感的白瓷肌膚，更是沒有任何斑點般白皙。

「啊，呃，妳醒了。」

「嗯，一不小心就睡太晚了。真是抱歉。」

「呃，不會。畢竟……是我太勉強妳了……身體還好嗎？」

總覺得他的態度跟昨晚也差太多。明明直到天快亮的時候，都還對一個初體驗的人毫不留情。

耳聞許多男女情事的拜蕾塔，如果只論手技跟用語是有著相當豐富的知識。因為是跟婦人做生意，多少也會增加這方面的知識。儘管思及昨晚那樣一定就是所謂的「責罵玩法」，但被煽動起羞恥心結果腦子一片混亂，也是不爭的事實。這不是在新婚初夜該用的玩法吧？根本是惡鬼般的行徑。

既然對方是這種人，這些話還是不要坦率聽信比較好。說不定這也是一種盛大的找碴。

但就算剛起床就受到這樣的挑釁，沒在運轉的腦袋也給不出什麼像樣的回答。

「謝謝你的關心。而且你似乎還替我換了衣服……」

著實難以說自己沒事，但要多說些什麼也讓人覺得很痛苦。但就在話說得不清不楚時，他感覺相當慌張地找了藉口。

「沒什麼，要是就那樣把妳置之不理，我的罪惡感會變得很不得了……呃，不好意思。」

真不知道他是針對什麼事情道歉。他的表情非常可怕，應該說好像很不痛快的樣子。看起來應該是在向拜蕾塔道歉，然而，他的表情跟說出口的話一點也搭不起來。

說到頭來，自己也不明白他為什麼要道歉。

昨晚那個傲慢的他究竟是跑到哪裡去了？

「妳肚子餓了吧？樓下已備好早餐，不過米蕾娜他們已經先吃過了，要拿來這裡給妳嗎？」

一聽到米蕾娜的名字，就不禁想起那個溫柔的小姑。到了早餐時間卻沒看到嫂嫂，

說不定會讓她感到擔心。這讓拜蕾塔在內心自省要是被察覺發生了什麼事情，還真對不起她這個正值青春期的少女。

「那孩子有說了什麼嗎？」

「該說是被她罵了一頓，還是受到牽制好呢……我這才知道原來妹妹是這麼可怕的存在。」

「啊？你說那個可愛的米蕾娜嗎？」

「沒記錯的話，我只有一個妹妹吧？」

竟然說那個文靜又像綻放的花兒一般惹人憐愛的少女「可怕」？

不禁懷疑是不是誤會成別人了，在自己的印象中，幾乎沒看過米蕾娜生氣的樣子。

「我想下樓吃早餐，可以換個衣服嗎？」

「當然，妳換吧。」

「謝謝，那就恭敬不如從命了。」

「………」

丈夫的態度感覺就像在等待自己行動似的，讓拜蕾塔朝他瞥了一眼。不知為何，他的目光正緊盯著自己不放。那雙祖母綠眼之中浮現猜疑的心思，又像是感到困惑般動搖。總之，絲毫感受不到傳說中冷血狐的氣魄。

「那個，我想換個衣服，可以請你先出去嗎？」

「啊，好，也是。那我到樓下等妳。有什麼事再叫我一聲……這態度……不，那果然是騙人的嗎？」

安納爾德撇過頭去，不知道是在自言自語地碎唸些什麼，這才走出了寢室。

「是怎樣？」

聽說丈夫是個思緒敏捷的人物，難道只是誤傳嗎？看他那麼狼狽的身影，真要說起來還比較接近愚鈍吧？

懷著實在想不通的心情，為了換衣服，拜蕾塔忍著痛楚走下床。

吃過晚餐之後，當拜蕾塔在自己房間看著工作方面的資料時，安納爾德來到了房裡。

今天一整天都悠悠哉哉地坐在家裡，都是昨晚的行為害的。想當然爾，也沒辦法去工作，無奈之下只好整理資料度過一天。

就算專注地面對書桌、看著資料，也忍不住在意通往寢室的那扇門，資料的內容都看不太進去。即使如此，也不能逃避這一個月──為了將來自己的自由著想，多少還是需要忍耐一下。

當拜蕾塔這麼告誡自己時，丈夫正好進來了。

將資料蓋在桌上，並站起身走到桌子前面與他應對。

「我拿字據來了。如果對這樣的內容沒有意見，請妳在上頭簽個名。」

他一進到房內就遞出了一張文件，拜蕾塔大致上看了一下書面。

一、契約期間要共度夫妻生活。

二、上述期限為一個月。

三、若是在上述期間懷孕，婚姻關係將持續一輩子。若是沒有懷孕，則同意離婚。

看完沒有多餘詞藻，簡潔扼要的內容之後，拜蕾塔將字據放到桌上並簽下自己的名字。

「這樣就代表妳也同意了。這份字據就交給妳保管吧？」

「好的。」

拜蕾塔決心要將字據放在保管店面的權利書，以及生意上會用到的重要交易資料等的保險櫃裡，但還是先暫時放進抽屜。她一邊思索著要等安納爾德離開房間之後，再收進藏起來的保險櫃之中，並抬頭看向就這麼站著不動的丈夫。

「還有什麼事嗎？」

「那就趕緊來做些夫妻的工作吧。」

安納爾德面帶微笑，並攬過拜蕾塔的腰將她抱了過來。

他究竟是什麼時候靠得這麼近了？太過敏捷的動作，甚至教人眼花撩亂。

今天早上出現在拜蕾塔面前的他，看起來似乎有些狼狽的樣子，就像因為某些事情而感到混亂，但不知不覺間又振作起來了是吧？在他現在的雙眼之中，有的只是純粹的好奇心而已。

「你、你要做什麼……」

又要像昨晚一樣不斷渴求自己的身體嗎？

只能任憑他玩弄的狀況實在令人懊悔不已，但就算伸手想推開安納爾德的胸膛，他還是文風不動。

「契約都成立了，妳應該同意了吧？」

「是這樣沒錯……」

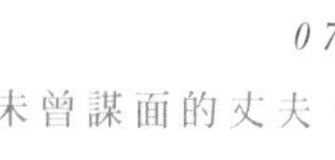

突然這樣靠過來實在讓人心跳平靜不下來，而且都已經洗好澡了，感覺不就像是已做好萬全準備了嗎？如果還沒洗澡，至少還能有個藉口可以拖延時間。

「現在就要睡覺還太早了……」

「嗯？妳說時間嗎……也是呢，現在才八點，要睡是有點早，不過我想還是早一點比較好。」

到底是要花多少時間？拜託不要再一路做到天亮。本來都在想明天絕對要到工廠露臉了。

「半個月後有一場慶功宴。既然要參加晚會，應該就要花點時間準備吧？」

「啊？」

慶功宴？

聽他說出這個詞，拜蕾塔不禁感到莫名其妙。

「我是不太清楚女性通常要花多少時間準備，但總不能像男人一樣換上軍服就好。聽說不只是禮服之類的服飾，也要準備寶石等裝飾品，還要保養肌膚的樣子。」

「你是在說什麼呢？」

「妳沒聽說嗎？為了慶祝這次締結停戰協定，這個月底要舉辦一場紀念勝戰的典禮，白天舉辦完典禮之後，晚上有一場招待軍方人士及其家族的慶功宴。參加的通知書應該有寄到家裡來吧？還是說沒有寄到這裡，而是寄到軍方配給的住處去了？」

「啊，不，這件事我有聽父親大人說過。」

就是公公之前說有寄給安納爾德的邀請函那件事吧。典禮的夜晚竟然要舉辦名為慶功宴的晚會啊，而且還是在這個月底。

「慶功宴的參加條件是要跟伴侶同行，妳也會跟我一起去吧？」

安納爾德揚起笑容的表情看起來就像是惡魔的微笑似的，偏偏臉蛋又是如此端正，看起來更加凶惡。察覺自己的誤會之後，一股羞恥心在拜蕾塔心中一口氣湧上。

臉頰雖然熱了起來，但她盡可能讓讓自己平靜下來；為了不讓聲音莫名拔高，更是動員了所有忍耐的意志力。

絕對不是在期待夜晚的行為。說到頭來，應該是對方的說法有問題吧？而且，沒想到那份字據上「夫妻生活」這個詞的範圍有這麼廣，這也讓她感到驚訝不已。

「好的。」

「謝謝。」

手邊並沒有可以搭配軍服的禮服，就算想買件新的，日程看來也有些急迫。至於寶

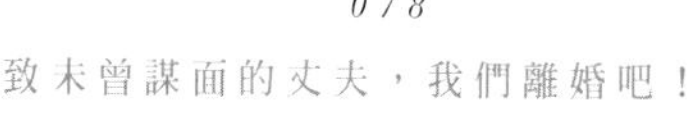

石雖然是有頭緒，但明天就得去店裡訂購才行，不然應該會趕不上半個月後的慶功宴吧？

拚命地想讓自己的心，從感到羞恥、盤算禮服準備這樣令人頭暈目眩的思緒之中冷靜下來時，剛道完謝的那雙漂亮薄唇就忽然靠了過來，一記深吻席捲而來，就連呼息也被隨之奪走。

感到困惑的心思跟舌頭全都被他交纏過去。

「呼……你做什麼……」

「當然是度過夫妻生活呀，妳已經同意了吧？」

自己的身體竟是如此順從於安納爾德的親吻，這讓拜蕾塔感到驚訝不已。不但做不出像樣的抵抗，甚至不禁期待昨晚感受到的那股歡愉而顫抖。

心情上覺得狼狽不堪，身體卻像是背叛這樣的心思似的，讓人不禁想咂嘴。

「我身體還不太舒服。」

「原來如此。那我會溫柔一點。」

「難道沒有不做的選擇嗎？」

「既然這是一場賭注，我也不會刻意提高妻子獲勝的機率，讓我見識一下妳還沒表現過的一面吧！」

既蠻橫又將謀略擺在第一的冷血男人。

還真的是一如傳聞之中的丈夫。因為不想輸掉這場賭注，就連對妻子的顧慮也擺在後頭是吧？結果還是變成這樣了——拜蕾塔拚命將接近死心的心情吞了進去。

他完全沒有察覺拜蕾塔的心境，逕自將她一把抱起，並帶到旁邊的夫妻寢室去。雖然態度就像對待一個物品似的，他的動作卻出乎意料地溫柔。輕輕將拜蕾塔放到床上之後，他緩緩地將手扶上床緣。空出來的另一隻手則一一解開家居洋裝上的鈕釦。丈夫的嘴唇順著敞開的衣襟溫柔地戲弄肌膚，掌心更是讓身體越來越發燙。

他的動作跟昨晚截然不同，拜蕾塔感覺就像在跟別人上床一樣。

「你的心境是產生了什麼變化呢？」

躺在床上迷濛地抬眼看著丈夫，但他只是感覺有些痛苦地嘆了一口氣。僅此而已，就像要蒙混過回答似的，就這麼加深了吻，舌頭被他纏了過去，並像在安撫般挑逗著整個口腔。

高漲的熱意讓身體陷入陶醉，也融化了思緒，給這股刺激灌輸了溫柔之後所帶來的歡愉實在太過激烈。

想逃開一味地給予的熱度並吐出一口氣，然而卻變成甜蜜得驚人的呼息。

就這樣，與昨晚大相逕庭而且格外溫柔的一夜，就此揭幕。

第二章　領地視察及丈夫的盤算

跟安納爾德訂下那個莫名其妙賭注的三天後，就是之前瓦納魯多要求一起前往斯瓦崗領地視察的日子。

這趟的目的在於調查在領地回報中呈現歉收的實際穀物產量，並找出貪汙穀物的證據，再讓主嫌坦承自己的犯行。斷言能在一星期內解決這些事情的公公也很厲害，但一想到不知道是要丟多少工作給自己，拜蕾塔的頭就痛了起來。

帝國東部是一片從帝都延綿過去的山間地帶，也是海拔較高的地區。經過開拓之後鋪設了街道，雖然往來便利，還是要花上兩天的日程。然而慶功宴就在半個月後，因此一行人計畫在天還沒亮的時候就出發，途中不在任何地方住宿，只換過馬匹就繼續一路前行，最後得以在隔天中午就抵達領地。

這裡的氣溫比帝都略低一些，就季節來說還是盛夏，但在這裡卻不會感到有多熱。雖然舒適，但在馬車裡卻覺得冷到不行。

拜蕾塔苦惱地想著事情究竟為什麼會變成這樣。

幾年前帶著公公造訪領地幾次時，心情應該都不比現在慘澹。

「那傢伙為什麼會在這裡啊？」

「我也不知道，您自己問他如何？」

在寬敞的馬車內，面對明明就坐在對面還硬要湊過來講悄悄話的公公，拜蕾塔不禁皺起了臉。

閉上雙眼靜靜沉睡的安納爾德，就坐在拜蕾塔身邊。

他依然是這副宛如雕像般的美貌，一閉上雙眼，看起來就像個精緻的人偶一樣。即使承認他的外貌真的相當俊美，但拜蕾塔希望他盡可能不要出現在自己的視線之中，純粹是因為很火大的關係。

完全不知道這趟視察他竟然也會同行，事前他什麼都沒有說。

昨晚拜蕾塔對丈夫說必須前往斯瓦崗領地一趟，會離開帝都一陣子，他也只是說著「我知道了」並點了點頭。

如此一來，至少這段時間就不會有夫妻的夜生活，拜蕾塔也鬆了一口氣。這趟計畫在斯瓦崗領地待一星期左右，最晚會在月底預計舉辦的慶功宴之前回來，但一個月中有大概三分之一的時間都不用跟丈夫共度也很划算。由於字據上並沒有特別註明要一起行動，所以也不算是違約。

然而隔天一早前去搭乘準備好的馬車時，看到丈夫正無所事事地站在門前，拜蕾塔不禁嚇了一跳。在他的護送下搭上了馬車，才問了「是前來送行的嗎？」丈夫卻就這麼接著進入了馬車之中，讓她頓時說不出話來。

他並不是答應讓拜蕾塔去領地，而是表示自己也要一同前往吧……最後前來搭上馬車的公公一看到已經坐在裡頭的安納爾德，臉色頓時大變。換作平常，她應該會揶揄地說「他是您兒子吧，到底有多不喜歡跟他相處呢？」之類的話，但自己終究也沒那個心情。

安納爾德毫不在乎兩人可疑的模樣，很快就閉眼入睡。

「聽好了，妳可要負責盯緊那傢伙。」

「傷腦筋，請別把這種事推給我，否則我就不協助您調查了喔！」

「說什麼蠢話……到時候傷腦筋的可是領民，難道妳要做出讓毫無罪過的領民受苦的選擇嗎？」

「您這句話說得好像以人道為重，實則差勁透頂喔。連自己的兒子都要推給別人照

顧，太讓人困擾了吧？」

「他是妳的丈夫吧。」

「是陌生人好嗎，被丟著不管長達八年的花瓶妻子，怎麼可能有那種權力呢？」

「哼，那傢伙可是離家之後幾乎沒再回來過的兒子。老夫甚至不記得跟他有過稱得上對話的交談。你們說好會以夫妻身分共度一個月對吧？既然如此，妳跟他說話的機會比老夫還要多上許多。」

「父親大人，您自己這麼說都不會覺得悲傷嗎？」

雖然聽說過他們關係不好，沒想到竟交惡到這種程度。聽拜蕾塔語帶憐憫地這麼說，瓦納魯多只是冷哼了一聲。

「你們還真是要好。」

這時聽見一道平靜的聲音，拜蕾塔嚇了一跳並往身旁看去，就這麼直接與那雙靜靜睜開的祖母綠眼對上視線。

他是什麼時候醒來的啊？

「怎麼可能要好，你是瞎了嗎？瞧瞧她這副目中無人的態度。這囂張的丫頭根本不懂得尊敬公公，你多少警告她兩句也好吧？」

「哎呀呀，父親大人，真是十分抱歉。不然我立刻下馬車好了。」

「動不動就像這樣拿領地當盾牌威脅老夫。妳要是下車了，誰要去到處視察領地啊？趁人之危就讓妳這麼開心嗎？」

「把自己能力不足的弱點束之高閣，還最會埋怨他人，真是不敢當呢！我可要多向您學學才對。」

「妳這個臭丫頭！」

「呵呵呵」地笑了笑，看見很不痛快地罵了一句的公公露出扭曲的表情。

安納爾德只是「哦」了一聲，說出莫名其妙的回應：

「你們果真很要好。」

拜蕾塔無從得知他的真意為何，畢竟很難從他面無表情的沉思臉上，看出究竟是不是感到開心。

無意間，安納爾德輕輕牽起拜蕾塔的手，緊盯著打量。輕輕撫摸過去的觸感特別有感覺，心跳也不禁漏了一拍。從臉蛋難以想像他有著一雙骨感粗獷的手，然而那修長的手指實在既漂亮又帶有藝術感，讓人莫名感嘆果真容貌端正的男人，連手也都這麼漂亮。

但一回想起那手指摸遍自己身體，一張臉就不禁泛紅。拜蕾塔下意識地抽回了手。

「怎、怎樣？」

「不，我只是在想妳的手真硬……」

拜蕾塔強忍下想大喊「我的手不像深閨貴婦一樣還真是抱歉啊」的衝動。

由於習劍的關係，手部肌膚不但較硬，甚至還有長繭……自己也知道完全不像淑女的手那樣柔軟又沒有任何傷痕。

「既然摸起來很不舒服，想必讓你感到不悅吧！請你別再做這種事了。」

果斷拒絕之後，只見他令人費解地歪過了頭。究竟是哪一點讓他無法釋懷了啊？

逕自牽起別人的手嫌棄一番之後，還有什麼話想說的嗎？然而，他接著就不發一語地看向車窗外。這也讓拜蕾塔同時產生了想追問到底的心情，以及警告自己就這麼別去搭理才能保住一條小命的兩道心聲。

完全無法理解丈夫的行動。

這還是拜蕾塔第一次這麼希望能夠早點抵達領地。

一行人就這樣在待起來很不自在，氣氛也不太好的馬車中度過了一天半的時間，總算在隔天中午抵達第一座要進行視察的村子。

那是位於小麥產地中的一處悠閒小部落。

來到領地之後立刻就把工作丟過來的瓦納魯多相當有幹勁……什麼的，原因當然不是這樣，看也知道只是想盡情使喚媳婦而已。

他本人只會一直說著腰痛之類的滿嘴抱怨，明明是瓦納魯多自己安排這樣的日程，卻在碎唸都是慶功宴害的。

讓滿腹不甘願的公公下了馬車之後，不知為何安納爾德也默默地跟了上來，三人一起視察這個村子。

大概是事前有收到聯絡吧，在村長的歡迎下，一行人巡視起這個小村子的狀況。這時拜蕾塔忽然靠近一位與村長、公公隔了一段距離的地方工作的村民。

剛好在耕田的那個男人，一看到拜蕾塔不禁目瞪口呆。看起來男人都從戰場上歸來了？雖然不知道眼前這個人有沒有服過軍役……她毫不在乎地向他搭話道：

「最近雨水多嗎？」

「今、今年沒下什麼雨……」

看著他勉強用客氣有禮的語氣回答，拜蕾塔在內心對他感到有些抱歉，還是繼續問道：

「這樣啊。那有影響到收成嗎？」

「那倒是不會，今年還算是較為豐收，因為浸泡雨水而壞掉的部分並沒有很多。」

「那麼，最近有在這附近看過一些陌生人嗎？」

「不，沒有耶。住在這一帶的都是認識的人，如果有外地的人來，馬上就會看得出來。」

男人像是嚇了一跳似的，下意識就用平常的語氣這麼說。

「如果有看到的話，請到領主館通報一聲。不久後也會從帝都派遣軍隊過來，但應該還要再花點時間呢！」

「是有盜賊出沒嗎？還真是大陣仗……」

「因為有耳聞這樣的消息，所以領主大人才會加強巡邏的樣子。」

「哦哦，是領主大人的意思……本來還想說貴族大人怎麼會來這種地方……」

就算提起領主，男人也沒有表現出負面情緒的樣子。一般來說，民眾都會討厭沒在管理的領主才是。會是公公在拜蕾塔不知道的地方，動了什麼手腳嗎？

不，應該還是多虧那些留在領地的家臣們的努力吧。而且也正因為如此，才有辦法好幾年都置之不理。

「如果還有其他想陳情的事，請跟平常一樣跟村長說吧！」

就在拜蕾塔在向其他村民詢問相同問題時，安納爾德來到她的身邊。不知為何，他露出譴責般的銳利目光，是有做了什麼讓他不高興的事情嗎？

「妳在這裡做什麼？跟村民之間靠得真近啊。是在物色夜晚的床伴嗎？」

「說那什麼莫名其妙的話……」

物色夜晚的床伴？

就算安納爾德不跟自己同床，身體也絕對不可能會難耐到無法入睡，反而可以熟睡一頓。怎麼想都是自己一個人睡比較舒適，為什麼還要特地去誘惑村民啊？雖然前來領地的途中，在馬車上睡覺的體驗稱不上舒適就是了。

覺得一陣惱火的拜蕾塔，狠狠地瞪向丈夫。

「我是來問村民一些問題！最近好像沒下什麼雨，而且今年也是豐收的樣子。如此一來，果然可以視作有大量穀物遭到侵占。另外，我還撒下了一點餌，如果獵物肯上鉤就好了。」

「餌？」

快步離開村民們，為了不被他們聽見，拜蕾塔勉為其難地貼近過去，並悄聲這麼說

了之後，只見他微微睜大雙眼。

拜蕾塔得意洋洋地輕笑。

「就算沒有上鉤，也可以再想想其他辦法，但我認為這招成功率還滿高的。畢竟有你在場，也更增添了可信度。」

「我？真想請妳告訴我是被怎麼利用了。」

「謎底之後才能揭曉，順利奏效的話我再告訴你。」

拜蕾塔尖酸地拋下這句話之後，就逕自往前走去，看見公公他們一行人都聚集在橋的另一端，就準備踏上架在一條小河上的橋。正當她下一步就要踏上橋，瞬間被走在身後的安納爾德力道強勁地抱住了腰。

「呀啊！」

被丈夫從背後緊抱住，讓她的雙腳有些浮了起來。

雖然氣憤地想著他這次又要找什麼麻煩，卻不禁因為隔著背部感受到那身結實的肌肉而語塞。這個男人外表看起來纖瘦，卻有著軍人風範的肌肉線條——儘管有著驚人的美貌，看起來也不會像個麗人，就是多虧了那副身材吧？

實際上在抵達這處村子時，他也獨占了村民們的目光。不知道是否習以為常，他的表情也沒有絲毫動搖就是了。

「你突然是在做什麼？」

「這座橋已經十分老朽，最近好像會架一座新的代替，聽說預計明天會有外地的男人來進行修繕的樣子。」

他每說出一句話，呼出的氣息就會搔癢地拂上脖子，讓拜蕾塔的腰際竄起一陣酥麻，不禁掙扎了起來。竟然會因此回想起夜晚的事情，自己的身體癖好究竟是有多特殊啊？光想就令人懊悔不已。明明真的因為可以自己一個人睡而開心，會感到寂寞絕對是一場錯覺。

「我知道了，請你放我下來。」

雖然在他懷裡奮力抵抗，強勁的力道還是緊緊固定住拜蕾塔，沒有要放開她的意思。

「要是這樣亂動，可真的會受傷。」

「咿啊……你不要靠在那邊講話！」

他的呼息一拂上肌膚，全身都跟著熱了起來。明知拜蕾塔已經是紅著一張臉，安納爾德還是滿不在乎地繼續說下去。

「要從那邊繞道而行。」

眼前架在河川上的橋確實已經既老朽又破爛。感覺一腳就會踩穿。朝著安納爾德示意的方向看去，就看到有個只擺了一塊板子可供人橫渡的便橋。

「謝謝你的救助，總之請你放我下來！」

眾目睽睽之下，是要被迫配合怎樣的羞恥玩法啊？丟臉到好想哭。

雖然是有過肉體關係的對象，拜蕾塔還是從來沒有跟異性有過這樣親暱的接觸。自從有記憶以來，就連父親也沒有像這樣緊貼著把自己抱起來過。拜蕾塔甚至不曉得這竟會令人感到這麼羞恥。

但丈夫絲毫不曉得她的內心糾葛，也沒替她著想，只是感慨地深深嘆了一口氣。

「這似乎很困難。」

「很簡單好嗎，你只要放鬆手的力道就好了！」

當她滿臉通紅地這麼喊著時，安納爾德舔了一下她的脖子。

滑過頸項的溫熱觸感，讓她的肌膚頓時發熱起來。

「因為看起來實在太美味了。」

「肚子餓的話請你去找食物吃！」

竟然被他耍著玩！

得到解放的拜蕾塔摀著自己的脖子，因羞恥而顫抖著身體並這麼怒吼道。

結束在第一座村子的視察，並於傍晚抵達斯瓦崗領主館之後，拜蕾塔打從心底鬆了一口氣。

走過高牆圍繞下的大門並穿過一片樹林，就是前院了。眼前能看見比起位於帝都的家還更遼闊、歷史更悠久的一幢宅邸。儘管古色古香，但有仔細維護的這棟建築物處處都很美麗。即使天色都暗了下來，四周點起的亮光還是讓宅邸燈火通明，後方有座尖塔，旁邊還有好幾個倉庫。光是如此，就能看得出領地經營的富裕程度。

執事長巴杜恭敬地低頭前來迎接。

「老爺，歡迎您回來。」

「唔嗯。老夫會在這裡待上一陣子。」

安納爾德在公公身後接著下了馬車，讓執事長不禁睜大了雙眼。

「少爺？」

「嗯，好久不見。」

明是相隔十幾年的重逢，這樣的招呼也太冷淡了。然而不愧是執事長。他立刻加深了笑意。

「恭喜您平安從戰場歸來。」

「嗯。」

「少夫人想必也感到很安心吧？」

「是呀。」

一旦開了口感覺就會講出不該說的話，因此拜蕾塔盡可能簡短地回答，然而巴杜也不疑有他的樣子，沉著地點了點頭。

「不過，前幾天調查官才剛返回帝都而已，請問是發生了什麼事嗎？」

「只是想確認一點事情。你無須在意。」

「好的。」

巴杜也沒再多說什麼，並帶著一行人進入宅邸。

根據調查官的說法，他是在執事長的指示下侵占了穀物，然而巴杜對於調查官的事情只表現出細微的懷疑而已。難道是有著絕對不會被揭發的自信嗎？還是擔心追問下去反而會被懷疑呢？

說不定其實還有事情想問，但面對公公這樣不太想談這件事的態度，還在思考該怎麼開口才好。

悄悄看向公公，只見他一副跟平常一樣高傲的樣子走在巴杜身後。還以為他會心感焦急，看起來並非如此。雖然無法看透他的內心想法，但表面上感覺不出有任何動搖。

他要是說出對這件事並沒有多大興趣這種話，可就要想想該怎麼好好整治一下。

「少夫人請用跟之前一樣的房間，但由於床鋪狹窄，無法讓夫妻倆一起使用。會將少爺的房間安排在隔壁，請問這樣可以嗎？」

「嗯，沒關係。」

是突然跟來的丈夫不對，並不是巴杜的過失。而且即使睡在不同房間，也不會感到傷腦筋；不如說一聽到要跟丈夫睡在不同房間，反而還鬆了一口氣。在他唱反調前趕緊點頭答應之後，安納爾德就靠上拜蕾塔耳語：

「安排在不同房間還真是傷腦筋呢。」

在女僕的帶領下前往房間途中，拜蕾塔朝丈夫瞥了一眼，只見他依然面無表情，看

不出是在想什麼。而且也完全沒有感到傷腦筋的樣子。順帶一提，由於在前來領地的路途中是搭乘馬車，他並沒有毫無顧忌地做出那種事情，頂多只是被他牽了手而已。畢竟還有瓦納魯多同行，這也是理所當然吧？

「哎呀，可以安穩地睡上一覺豈不是很好嗎？」

從帝都一路過來的途中，在馬車裡幾乎沒能好好休息，令人疲憊不堪。更重要的是，她很想念睡在床上的舒適感。

「也是，要是在同一個房間就沒辦法睡了，妳溫暖的身體讓人莫名成癮。」

「這樣啊。那我建議你可以抱個玩偶入眠喔！」

這樣的說法很微妙，而且聽不出究竟是什麼意思。說到頭來，那究竟是怎樣的情感呢？因為會莫名成癮所以感到不悅嗎？所以是在故意找碴？

拜蕾塔也對於這種惱火的情緒感到不悅，便踩著重重的腳步走向安排給自己的房間。

然而一入夜，安納爾德便現身在自己被分配到的房間裡。他的房間明明應該是在隔壁才對。

晚餐過後坐在沙發上看資料的拜蕾塔暫且抬起頭，看著站在房門口的丈夫。他一樣是面無表情，然而並沒有散發出夜晚摸進妻子房間的那種下流氛圍。

「請問有什麼事嗎？」

「妳曾來過領地好幾次嗎？」

大概是從領主館的傭人們口中聽說了之前的事情，他感到費解而這麼詢問。拜蕾塔點點頭，覺得這是一次好機會，並挺直背脊看著丈夫。說到頭來，自己又不是成為領主妻子，為什麼非得這麼頻繁來到領主館露臉呢？

用不著丈夫感到困惑，就連自己也覺得莫名其妙。

然而，這也是有著背後的原委。

「是的。因為父親大人一直鬧脾氣說不想來，我就強行把他帶過來了。大家也都為此非常感謝我喔。」

「啊？」

「都是父親大人不好。」

拜蕾塔將至今的經過都說給他聽。

瓦納魯多就只有剛繼任伯爵那陣子會到領地露臉而已。他的前妻在這裡生產，接著直接進入育兒生活，因此安納爾德出生之後有段時間都是在領地成長；相對的，由於公公當時還是軍人，鮮少待在領地，光是有來露臉已經算是很不錯了。

當前妻過世之後，他就再也沒有靠近領地過了，而這似乎已經是二十多年以前的事情。領主不到領地露臉的狀況實在太過異常，聽到這件事時，拜蕾塔傻眼到頓時語塞。在他罹患肺病退役的同時，妻子過世，後來瓦納魯多就在帝都過著沉溺於酒精的生活。

剛開始的時候，陳情書之類的還會頻繁送到帝都，也有很多人希望他能到領地看看，然而不知不覺間，就漸漸不再有這樣的意見出現。一年會派遣調查官前往領地兩次，但都回報沒有問題，似乎就覺得以執事長為首，大家都將領地經營得很好。若是遇到什麼狀況，送點金錢或物資過去就結案了。總歸來說，瓦納魯多甚至連報告都沒有看就做出裁定，這樣的行徑可不只是怠職而已。

拜蕾塔對於調查官竟然會沒動任何手腳，就老老實實地製作報告感到十分費解，但看見公公的態度就能明白了；想必是因為他橫豎也不會確認，所以到了後來甚至連偽造資料都放棄了吧？

但長年以來都還是通過了國家的審查，因此也不能只責怪瓦納魯多就是了。雖然無法理解為什麼這樣還能通過審查，但現在還是要以領地的事情為優先。

總之，得知就算沒有自己，領地還是能順利經營，瓦納魯多更可說是一味地藉酒逃避。

拜蕾塔嫁過來之後先讓他戒了酒，過了一陣子，就發現瓦納魯多完全沒在處理領地工作，於是就拖著他來到領地。當時以巴杜為首的傭人們全都驚訝不已，甚至有人發出宛如看到幽靈似的哀號，總之整個宅邸陷入一片混亂。當自己說著「難道沒有先知會領地嗎」追問之下，公公便吼著回應：「誰知道竟然真的會來！」也就是說，並沒有事先通知會前來領地的樣子。當然，拜蕾塔也因此利用號稱「劍術練習」的機會，將他敗壞的本性矯正了一番。

多虧如此，不只是以巴杜為首的所有傭人，就連聽到這些傳聞的領民們也都相當崇敬拜蕾塔。就某方面來說感覺相當不自在，也因為這樣，讓拜蕾塔不太想再過來，因此這兩三年都是只將公公送去領地而已。或許這就是個錯誤的決定吧？

沒想到竟然會發現這麼大規模的穀物侵占事件。

不，拜蕾塔也不認為這是自己的工作。說到頭來，原因也是在於公公處理工作太隨便了；拜蕾塔暗自發誓在經過仔細調查之後，一定要再斥責他一番。

「——所以說，也要你好好協助一下，請去勸勸父親大人好好處理領地的工作。」

「原來如此……所謂信眾是這麼一回事。」

「怎麼了嗎？」

「不，沒事。那麼，妳現在是在看什麼資料？」

「這些是跟斯瓦崗領地稅收相關的資料，除此之外還有水災等災害報告，也包含修繕紀錄之類的在內，全部都是父親大人丟給我的。當然，這都不成問題，反正我也會毫不手軟地報復一番。」

無畏地勾起微笑之後，安納爾德稍微睜大了雙眼，並「呵」地勾起嘴角。然而那只是細微的表情變化，下個瞬間他又恢復一如往常的面無表情。

「真是可靠，就讓我見識一下妳的實力吧，妳明天有什麼安排？」

「我想去個地方巡視一下，不過，你若沒有要同行也沒關係。」

一抬起眼，剛好就跟俯視著自己的那雙祖母綠眼對上視線。然後，就這麼留下一記親吻。

相當輕柔，就像是小鳥輕啄般的吻。

「我跟妳一起去，明天見。」

安納爾德就這麼若無其事般走出房間，被留在原地的拜蕾塔則紅著一張臉，渾身顫抖不已。

那個男人在大半夜裡回家之後就提出莫名其妙的賭注，並隨著自己意願讓兩人度過初夜，不但是個自我中心的自私男，還是個想用刁難的理由束縛妻子的爛男人。沒想到隔天晚上卻驚人地溫柔，而在那之後又把人丟在一旁完全沒有表現出那種舉動。明明如此，剛才卻突然湊了過來，只是親吻了一下就離開了。

自己一點也不想跟他上床，而且更想贏得這場賭注；畢竟次數越少自己勝利的機會就會越高，因此這狀況是很令人感激。確實是這樣沒錯，為什麼與此同時也會覺得有些懊悔呢？

難道是做了兩次就沒興趣了嗎？

對方在男女關係方面的經驗比自己豐富，總覺得感受得出這一點。不但動作熟練，還很從容。拜蕾塔知道，安納爾德並不是到了二十四歲都沒有任何戀愛經驗的自己能輕鬆取勝的對手，更何況自己本來還是個處女，不管怎麼想經驗值都遠遠不足。

他是在哪裡累積那些經驗真的一點也不重要；分明不重要，心裡卻總覺得鬱悶不已。大概是因為被玩弄於股掌中而感到氣憤吧。要是直到關係結束前都會像這樣被他牽著鼻子走，並隨心所欲地玩弄，感覺實在令人火大又煩躁。

主導權似乎握在對方手中，更是令人不悅。

所以完全不需要因為對方可能已經厭倦自己的身體而感到消沉！

拜蕾塔一拳打在整疊資料上，拚命地這麼告誡自己。

隔天在吃過早餐後，便從領主館出發前往鄰近的幾處村落視察。由於不只是公公，連安納爾德也跟了過來，因此雖然天氣晴朗，馬車裡的氣氛卻相當沉重。

在沒有經過整備到足以稱為街道的砂石路上顛簸地前行，雖然會讓心情更加不悅，然而馬車內的氣氛比這還更糟糕，所以反倒是多虧這樣顛簸的道路，也就不必多做交談了。

巡視過幾座村子時，拜蕾塔發現部分地區的水災造成不少問題，資料上也記載了好幾年以來的受害損失金額，婉轉地問了瓦納魯多之後，才得知他雖然以前就知道這裡是個容易發生水災的地方，但也沒有想去解決這個問題的樣子。

無可奈何之下，便在視察途中繞道去可以眺望整片湖泊的地方。

這並不是想把丈夫的舉止趕出思緒，才盲目地在領地視察途中追加行程。雖然如此，但無論如何為了甩開那股羞恥的感受，還是得不斷地動腦思考其他事情。

不，眼下最重要的是領地視察。

儘管向公公說明概要時他表現出一副無法接受的樣子，但只要親眼目睹了狀況，神情應該也會有所改變吧？

「來到這種地方真的有意義嗎？」

「河川一旦氾濫，不只是作物會泡在水裡、造成收成率下降而已，要是放任隨著土石沖刷下來的動物、魚類屍骸不管，傳染病就會由此產生。在歉收之外，要是再加上傳染病蔓延，死亡人數就會急遽攀升，即使如此，您還是不覺得需要做些對策嗎？」

告訴不斷碎唸的公公水災實際會造成的影響之後，看著眼前一大片水位較高的湖泊，他一臉驚訝地開口：

「那這該怎麼處理？」

似乎是理解到湖泊的重要性了，只見他也不再像剛才那樣碎唸下去。

事到如今才總算展現出領主風範的公公，繞了一大圈，還是要拜蕾塔提出改善方案──實在很想告訴他多少也自己想想，或是聘請個專家也好。

然而，難得提起他的幹勁，要是再惹他不高興也幫不到領地及人民。

「是是是，我知道您這樣的態度只是想轉移話題，但我還是會配合的喔，父親大人。好好感謝我這個體貼的媳婦吧。我認為在這裡蓋一道排水道比較好，就延伸到那邊

的村落附近吧！如此一來，應該會稍微減少遭受雨水及氾濫的泥水侵襲的範圍。」

座落在湖泊附近的悠閒農村最近因為接連下了很久的雨，導致村子淹水的狀況好像很嚴重。

原因就來自於降雨增加的水量超過了湖泊的儲水量，滿溢並流了出來，既然如此只能讓水流往別的地方了。滿溢出來的水可以帶來肥沃的土壤，另一方面卻也是疾病的根源。因此在籌備這項計畫時，最重要的就在於處置上不能有所差錯。

為此更應該要好好管理水量，並建造排水道，避免村子受到災害侵襲。

「男丁都從戰場上回來了，要建造就趁現在，然而基礎部分如果沒有好好打造，之後可是會很麻煩的，為此還是要找專家來看看比較好。只要基礎打好了，應該就能一口氣建造起來，就算只有基礎工程，應該也能把水災造成的損害降低到現在的一半吧？」

「妳是從哪裡得到這些知識的？」

在拜蕾塔身旁眺望眼前景色的安納爾德疑惑地問道。

「這傢伙是個商人，大概只是對有賺頭的事情特別敏銳吧？」

「所以說，我不就像這樣，給您各式各樣的建議了嗎？要再多稱讚我一點也可以喔！」

「老夫深知要是讓妳得意忘形，準沒好事。」

「人家可是風一吹來就會倒的柔弱女子喔，慰勞時請更溫柔一點。」

咯咯笑了起來之後，公公就冷哼了一聲並撇過頭去。

一旦知道自己講不贏，馬上就會這樣鬧脾氣。

「妳應該在想些什麼令人不悅的事情吧？」

「怎麼會呢，父親大人。很感謝您帶我來到這個可以一覽無遺的地方，如此一來也更能理解領地的現況了。」

「很可惜的是，老夫早就發現當妳在沒必要時開口閉口都是『父親大人』，就是語帶嘲諷的意思。」

「哎呀，父親大人，可不只有嘲諷的意思而已，敬請知悉。」

「原來如此，就是這樣才會產生誤解啊……」

一旁的安納爾德顯露出傻眼的模樣，但真不曉得他所指何事。然而在開口詢問之前，安納爾德就滔滔地說明起來。

「從那邊的土地及這邊的土地看來，岩盤比較脆弱的應該是在那一帶。不如說這邊的相當堅固，應該沒辦法在此動工。若要開鑿，將排水道從深處引導到前面去比較合

適。」

他的手指沿著稜線筆劃，解釋給拜蕾塔了解的身影顯得落落大方。至今都保持沉默的他，其實是在觀察地形一邊思考嗎？明明看起來一點興趣也沒有的樣子，指出的地方卻相當明確。

「這是怎麼看出來的呢？」

「岩石的顏色，不一樣對吧？能看到一條斜線的地方，跟變成紅褐色的地方種類不一樣。我在東部打仗的時候常會需要開鑿山壁，因此不會搞錯。」

「父親大人，您聽到了吧？麻煩還是請個專家來吧！」

「我聽說你們做了一個奇怪的賭注……沒想到還滿合拍的嘛！」

我應該只有跟公公說過會延後一個月離婚才對，不知道他是從哪裡得知賭注的事情？從沒看過他跟安納爾德之間有過足以稱為交談的對話，但之前不小心跟米蕾娜說了這件事，會不會是聽她提起的呢？

但怎麼會說我們合拍啊？

「父親大人也真是的，已經年老昏聵了嗎？往後的日子真替您感到擔憂！畢竟是這麼龐大的事業，還是交付給繼任者比較好吧？」

拜蕾塔暗指要他別這樣廢話，公公果不其然氣得臉紅脖子粗地逕自走下小山丘。

領地視察第三天的午後，拜蕾塔對安納爾德說，希望兩人一起去個地方。

他稍微思索了一下，就面無表情地點頭答應，兩人就這麼單獨坐上馬車。由於已經跟馬夫說過要前往的目的地，因此就等著抵達而已。

「妻子主動提出要求感覺不但新鮮，也滿不錯的。」

「別說那種玩笑話了，到時候請你要認真確認一下。」

「確認是吧？是要做什麼？」

「抵達之後就會知道了，現在還是少說點話，以免咬到舌頭喔。」

馬車一樣走在顛簸的道路上，拜蕾塔則是全程沉默不語，不久後便抵達目的地。當安納爾德下了馬車，他驚訝地說：

「這不就是前幾天來過的村子嗎？」

「是我們最一開始視察的那座村子，你還記得啊？」

「當然記得。但妳要來這裡做什麼呢？」

拜蕾塔讓馬車停在跟村子有些距離的一處小山丘上，這裡一如預料，可以眺望整座村子。

「你可以確認那邊的狀況嗎？」

拜蕾塔直直伸出手，朝一個方向指去。

那裡就是先前視察村子時，安納爾德說他們有找人來修繕的那座橋。現在正有幾個男人聚集在那裡，進行橋的修繕。身處在一群人中心的，是個有著一頭偏紅褐髮的高挑男人，他站在橋墩的地方，看起來像在下指示的樣子。其他魁梧的男人們便在他的指揮下搭橋。

從遠方望去，也能看得出他們的動作相當俐落。

「原來如此，這還真是奇怪。」

「你果然一眼就能看出來了嗎？」

「是啊，我本來以為會是工人來處理，或者頂多是隔壁村落的男人們來幫忙。然而這些人不但體格明顯不同於一般人民，動作也很俐落。而且，我也沒聽說有一個小隊規模的歸還兵在斯瓦崗領地落腳。」

他的視線注視著男人們的動作。看來就算沒有說出希望他確認的詳情，他也已經察覺出來了，丈夫果真是很聰明。

安納爾德的回答，讓拜蕾塔心滿意足地點了點頭。

「果然一如我的預料。」

「這讓我對妻子在策畫的事情越來越感興趣了呢！」

「我先申明，這並不是想要掀起戰爭喔，只不過保護領地也是我的心願罷了。」

「如果有察覺那樣的意圖，我早就率軍逮捕妳了，放心吧！更重要的是，妳打算怎麼做？」

「我之前不就說過，已經撒下餌了吧。」

露出一抹笑容之後，丈夫睜大眼地短短嘆了一口氣。

「我總算明白父親會發牢騷地說看到妻子的笑容時可鬆懈不得的原因了。」

「哎呀，你也會去聽自己討厭的父親大人所說的話呢！不過，父親大人無論面對任何事情都是抱持懷疑的態度，你還是不要輕易聽信比較好吧？」

「我並沒有特別討厭他。」

拜蕾塔常說面對瓦納魯多時絲毫不能大意，或是揶揄他老奸巨猾，但還真的沒看過丈夫跟公公閒話家常的樣子，因此單純感到驚訝。原來，他也會跟公公私下交談。

然而看到拜蕾塔驚訝的反應，丈夫也是面無表情。這會不會是因為自己並非他要特別在乎的對象呢？

「要是拖拖拉拉下去，結果被他們發現就麻煩了，我們趕緊離開吧！」

不等安納爾德的回應，拜蕾塔就使勁推著他的背回到馬車上。

就這麼返回領主館之後，拜蕾塔深深大嘆一口氣。

在這裡每天過著與平穩相去甚遠、忙碌到頭昏眼花的日子，但實在很想說這些絕非自己的工作。自己並不是嫁給領主，而是嫁給領主的兒子——至少名義上是這樣。領主本人看起來似乎有要蒐集資料、探討對策，所以不成問題；然而，完全不知道他兒子到底是在做什麼。追根究柢，這趟視察他又是為什麼要同行呢？直到現在還是搞不清楚他的目的。

只要前往現場視察他就會跟來，因此共處的時間也變多了。有時確實會出現他以軍人的觀點提出意見並令人感到欽佩的話題，但也時常做些無謂的事情逗弄拜蕾塔，惹她生氣。

散發出莫名存在感也是一大問題，亦即，令人無法忽視他的存在。即使話不多，也不是無時無刻都緊緊跟著自己身邊，但不知不覺間就會出現在一旁；只要一開口說話，立刻就能感受到他的存在。沉穩的聲音既凜然，又能聽得很清楚，所以總是會不禁進入耳中，讓人繼續傾聽下去。是不是因為大多都在講些令人火大的話，所以印象才會特別深刻呢？

要是繼續獨自待在房裡，感覺就會想些無謂的事情，反正距離晚餐還有一段時間，拜蕾塔決定披上睡袍到庭園走走。之前來到斯瓦崗領地，都只住個二、三天就回帝都了，這還是第一次像這樣悠哉地參觀領主館。

在領主館中庭那片設計成幾何圖形的草地外圍，有一小區花壇。當拜蕾塔放空地眺望著時，園丁跟巴杜來到她身邊。

「這片花壇是柯妮雅夫人親手栽種的，夫人在生病之前，可說是相當精心地照料。現在這些花的種類都還是跟當時一樣。」

「這樣啊，看來夫人對植物的造詣很深。」

挑選這些適合種植在斯瓦崗領地的小花，都有考量到即使季節更迭也會開花的特性。看著眼前好幾種的花卉，拜蕾塔心生佩服。

「您看得出來呀，少夫人。沒錯，夫人是一位相當熱愛自然的人物。」

園丁笑著堆起皺紋點了點頭，巴杜的神情也顯得溫柔。

「很難得的是，夫人與老爺當時是戀愛結婚，那真是感情相當融洽的一個家庭。」

「戀愛結婚？」

從瓦納魯多現在的模樣看來，真是難以想像。

拜蕾塔驚訝的反應，讓園丁爽朗地笑了出來。

「只要跟年輕的傭人說這件事，大家也都嚇了一跳，看著現在的老爺，應該難以想像吧？少爺跟柯妮雅夫人真的非常相像，看到少爺長大成人的凜然模樣，我們傭人全都感到相當欣喜。然而這對老爺來說應該很煎熬吧，畢竟無論如何都會回想起夫人。」

這裡的傭人都將安納爾德已過世的母親稱作夫人，應該是不承認人在帝都、米蕾娜的母親吧？畢竟她都沒有來過這裡，應該是不成問題，但不禁讓人覺得好像只有這裡的時間靜止了一樣。

「丈夫小時候也是待在這邊，對吧？」

「是的，自從少爺出生之後，一直都是在領主館成長。不過自從為了入學而回到帝都之後，一次都沒有再來到這裡就是了。夫人病倒的時候，少爺還會代為照料這區花壇，也很常拿花給夫人呢！」

「少爺是一位處處替母親著想的溫柔小孩。沒想到後來竟會從軍……」

園丁說話的聲音顫抖著並低下頭去。

由於拜蕾塔只知道身為軍人的安納爾德，也覺得他的個性就一如傳聞中殘忍又冷酷。何況在將妻子棄置八年不管之後，一見面就拋出那種奇怪的賭注挽留，甚至就這麼度過初夜，這樣的行徑著實讓人覺得正符合軍人會有的理性主義。

不過在經歷過他兒時的傭人們眼中，應該是個很替體弱多病的母親著想的堅強少年吧？所以才會難以想像他身為軍人的模樣。

「少爺以前還被稱為『斯瓦崗領主館的天使』喔。」

「咳呼……！」

明明沒有在喝東西，卻不小心嗆到了。

……天使？

原來如此，有著那副美貌的少年拿著花到臥病在床的母親身邊，確實會讓人套上這樣莫名其妙的稱呼。那個男人，就只有臉蛋特別端正。

現在不可以笑，他們想必是認真的。

於是拜蕾塔換了個話題。

「這、這麼說來，關於你之前寄給我的那封信……」

明白即使送陳情書給公公也無法解決事情的巴杜，有時會把領地的報告送到拜蕾塔手中。算是會互相通信的對象。如果是感覺能夠解決的事情，拜蕾塔之前都會幫他的忙。但這畢竟還是公公的工作，因此她都只提供最低限度的協助而已。

調查官來到帝都之前，收到他捎來的信件內容，是要確認當河川氾濫時的沙包數量。今年降雨較少所以不太常發生水災，正因為如此，才希望可以趁現在準備好足夠的沙包。

「這次老爺跟少爺不是因為那件事才來的嗎？」

「那也是原因之一，不過丈夫會來是為了其他事情。該說是勘察嗎？算是事前來收集情報的吧。聽說有一群可疑人士闖入斯瓦崗領地，所以計畫要從帝都派遣軍隊過來。所以丈夫是來確認看要派遣一個中隊還是小隊的規模。」

「一群可疑人士？」

「他也有去各個村子到處詢問。再過不久應該就會派遣軍隊過來了。」

「這聽起來還真令人騷然不安。」

「從沒聽說過有這回事啊。」

頓時感到茫然的執事長沉吟般的回應，跟園丁低喃的聲音重疊在一起。

「從至今的報告及視察結果看來，總計出有五年份的穀物憑空消失了。當然是一點一點遭到侵占，但累積起來的數量真是驚人。」

坐在領主館辦公室裡的公公忿忿地咬緊牙關，拜蕾塔面對瓦納魯多站在辦公桌前，看著至今整理出來的資料，安納爾德則是坐在會客區的沙發上閉著雙眼。

這五天來將領地內從各農村採收的穀物當中，由領主館收下的量與過去的記錄相對照之下，全都確認完了。五天是瓦納魯多替這趟領地視察設下的期限，回顧過去忙得頭昏眼花的這幾天，拜蕾塔都不禁有些出神了。

公公對於這個結果相當氣憤。

再怎麼說，要篡改各個村子的資料都太困難了，拜託幾十個村子的村長都來協助這件事情的風險太高，而且實際填寫這些資料的人又都是村長的部下，因此人數眾多。

如此一來可能就會有人跑去向中央報告，何況若只改其中幾座村子，就會派人調查穀物量減少的原因。若是說發生火災或村民急遽增加之類，只要拿記錄跟村民的記憶相互對照，就能調查出真偽了。

就結果來說，能得知這十五年來大概有總計五年份的穀物憑空消失，沒有向上回報。雖然曾有三次豐收，但被報告成歉收的影響也很大。

「按照規定，領地作物的四分之一都要上繳國家，這不只是包含國庫儲備的份，也是用來提供給前線的補給物資。以現在這個時局來說，後者的比例還比較多。既然沒有呈報上去的量如此之多，恐怕是難免受到責罰。」

「那現在要怎麼做？」

朝瓦納魯多看了一眼，只見他依然是雙手在胸前交叉盤著，一動也不動。

坐在辦公桌前的會客區沙發上喝著紅茶的安納爾德，一副事不關己的樣子。他是不是完全不打算繼承領地呢？現在面臨公公對於領地經營太過隨便所造成的危機，他還是完全不受影響的樣子。

拜蕾塔呼出了一口氣。

「妳這丫頭還真是從容！伯爵家要是毀了，妳也會很傷腦筋吧？」

「哎呀，我本來就對爵位一點興趣也沒有呀，畢竟以前根本就不打算結婚，更是早就決定好要獨自一人活下去了，請別替我擔心。」

「妳這個臭丫頭真的是……總之，給老夫想個辦法，再這樣下去……對了，妳那麼疼愛的米蕾娜，也會貧困到連吃飯都有問題！」

「若是如此，我就帶著米蕾娜去開店吧！肯定會被評論為美人姊妹經營者呢。」

「咕唔唔，妳這傢伙……！」

「不過呢，既然您都說到這個份上了，我也是可以替您想個辦法喔，父親大人。相對的，希望您能答應我一件事情。」

一揚起微笑看向公公，他就不禁感到顫慄。看到一個堂堂美人面帶笑容，竟然臉色大變地抖了一下，究竟是什麼意思？是覺得太過美麗甚至感受到神聖性而不禁畏懼嗎？如果是因為這樣，那倒是可以理解。

「要我答應妳一件事？是什麼事？得視內容而定。」

「並不是什麼了不起的事情喔。」

「妳以前也說過這種話，然而那卻是滿重大的事吧？」

朝著安納爾德瞥了一眼的公公，死心地嘆了一口氣。一副像是因為自己在離婚書狀上簽名的關係，才落得被兒子糾纏的下場。

「這是兩碼子事，我有份文件想請您寫一下。」

「竟然又是文件，妳是要轉行做詐欺了嗎？」

「哎呀，對一個正當經營的商人講這種話也太失禮了。這當然是一場對雙方都有利的交易，請放心吧！」

「既然對雙方都有利，不需要透過這種形式也能實現吧。換句話說，這件事其實只對妳有利。」

「『又是』是什麼意思？以前也有像這樣，請父親大人寫過什麼文件嗎？」

這時，一直都保持沉默的安納爾德突然開口，拜蕾塔也不禁嚇了一跳。

招來不必要的麻煩了。

要是說出「其實是打贏沉迷酒精的公公，並請他在向你提出的離婚書狀上簽名」這個事實，公公同意離婚的前提就不算數了。雖然不知道這場賭注的勝敗為何，難得都拉攏了公公，實在不想說出這種冒險的話。

拜蕾塔佯裝平靜地重新面對公公。

「我有因為其他事情拜託過父親大人，這次也不能說跟領地毫無關係……父親大人，對於事情的解讀本來就是多面向，從某個角度看來，雙方確實都能從中得到利益。」

「竟說這種像詐欺師慣用語一樣的話……不過算了。相對的，妳提出的應該是肯定能夠解決問題的建議吧？」

總算是蒙混過去了──拜蕾塔一臉若無其事的樣子，挺起胸膛。

「現在這個時世來說，會傻傻地將收穫量據實報告的領主還比較少吧？畢竟大家都知道要是申報得多，就全都會被拿走。更何況到之前為止的部分，都已經報告過了，那些東西可是穀物喔──無論現在的狀態為何，兩年以上的東西應該早就不見了吧？事到如今，就算想追討回來也沒轍。或許是會有些罰款，但應該不會實際徵收穀物才是。」

「也就是說，要裝作沒這回事啊。」

「畢竟國家沒有看穿我們的報告也有錯，我們只要徹底秉持真的什麼都不知道的說詞就好──實際上至今為止也確實都不曉得，所以只要表現得堂而皇之就可以了。如此一來，大概只會被懲以輕罪吧。雖然還是會因為督導不周而挨罵，然而今年的部分我們不但察覺了，也已經在製作報告了，對吧？唯有這次必須正確記錄才行。只是，問題在於第一次已經呈上歉收的報告，現在卻提出豐收的產量報告，也說不太過去……」

「這次實際上的產量跟虛假的報告之間，差了多少？」

安納爾德一邊思考，這麼問道。

「由於還追加送了穀物過來，就算領民消耗了一些，還有相當於接近八個月份的穀

物。」

「這麼多啊。」

一直默不吭聲的安納爾德確認了之後，只露出了嚴肅的神情，大概是總量比他所想的還要多吧？看起來不像是要唱反調的樣子，總之就先不管他了。

要向國家報告的資料，包含剛收成之後一次粗略的報告，以及春天時第二次製作一份精確數字的報告。

現在時值夏天，也就是正在準備製作秋天收成時那份報告的時期，可以說是準備粗略的基底數字的階段。

「所以說，妳要怎麼解釋這個差距？」

由於瓦納魯多疲憊不堪地這麼問，拜蕾塔便揚起了滿臉笑容。

「全都被盜賊偷走了。」

一聽見警鐘「鏘鏘鏘」地激烈敲響的聲音，拜蕾塔動作俐落地自床上起身，隨後一把抓起立靠在一旁的劍。

打開房門來到走廊之後，只見安納爾德已經做足準備站在那裡。明明是大半夜的，他卻是一身穿著襯衫及休閒褲的打扮，手上也跟拜蕾塔一樣拿著劍。

「真的要過去嗎？」

安納爾德說話的聲音相當清晰，平靜到甚至教人懷疑他是不是一直都醒著。聽說軍人會進行夜間訓練或趁著大半夜行軍，說不定他即使是在夜晚也很有行動力。

「一般來說這種時候，應該都是乖乖躲在房間裡吧？」

「那就請你乖乖躲回自己的房間呀。」

拋下這句話，沒有等他回應就逕自向前跑去，拜蕾塔的目的地是位於二樓另一側的公公的寢室。

拜蕾塔身上並非穿著睡衣，而是簡樸的洋裝，她也很想跟軍人一樣穿上輕便的褲子，但再怎麼說也沒有準備那種衣物。由於這幾天一直都穿著家居服睡覺，一想到這樣的日子總算可以結束，拜蕾塔也鬆了一口氣。

現在應該是深夜時分，只靠著淡淡月光帶來的微弱光線，在已經住慣的走廊上不斷前進，庭園跟宅邸各處都能聽見打鬥的聲音。

「我指的不是自己，而是在說妳。」

「如果想要一個會乖乖聽話的妻子，那就請你另尋他人吧！」

躲過忽然從階梯轉角處冒出來的陌生男子襲來的一擊，跟在身後過來的安納爾德便乾脆地砍了下去。真不愧是現役軍人。劍路俐落從容。

拜蕾塔知道他的手臂看起來纖細，但其實肌肉十分結實。應該可以說是不小心知道了吧，床笫之間再怎麼不願意也能感受得出來。然而一點也不想坦率地稱讚他。不知為何，就是不想說出這樣的真心話。

正當內心這麼糾結時，就遇上從公公的房間那裡現身的敵人，大概是聽到聲響趕來的吧？真感謝他挑在這個時機點，多虧如此，也不用聽丈夫說些多餘的話了。

當對手揮下長劍的瞬間，拜蕾塔已經拉近兩人之間的距離，一擊將對方打倒。她手持的長劍較輕，因此要以速度為重，第一擊就讓對手無力反擊便是最有效率的方法。

「真是厲害。」

「聽見這樣的稱讚真是我的榮幸呢。」

明明他是對自己送上坦率的讚美，卻總覺得無法接受的原因，是在於自己沒有稱讚丈夫的關係嗎？還是因為他的語氣感覺高高在上呢？

就在兩人停下腳步時，後方倉庫竄出了火苗。

「開始了。」

「這個襲擊路線雖然一如預料，但人數比想像中還要多的樣子，還是小心為上。」

眼角餘光朝注視著火焰的丈夫瞥了一眼之後，只見他聳了聳肩。在安納爾德的指示下，順利設法引誘敵人只鎖定在這一條路線進行襲擊，真不愧是最擅長狡猾戰法的他會使出的計謀。看樣子他會被形容成狐狸也是有其道理。在拜蕾塔表示希望可以讓倉庫燒起來的請託下，他就變更了計畫，以防堵可能會從庭園展開侵襲的路線。要拜託園丁趁著夜晚在倉庫放火時，對方原本是很不想答應的樣子，但安納爾德說服了他。看著點燃的火焰，為了將損害降到最低，拜蕾塔便更快跑向公公的房間。

必須在火勢蔓延到宅邸之前就解決這起事件，換句話說，這是在跟時間賽跑。不斷前進的途中迎面就遇上了敵方一個男人。拜蕾塔毫不遲疑地砍了下去，並衝進目的地的房間裡。

「您沒事吧，父親大人？」

「還真英勇，妳是想成為軍人嗎？」

「哎呀，難得有這樣的機會，我還比較想拯救惹人憐愛的公主殿下呢……既然您還能這樣說話，想必平安無事吧。」

衝進公公的房間之後，只見兩個男人被他砍倒在地，另一個男人則是抱頭蹲在一旁。

「這、這是怎麼回事？老爺怎麼會有此等實力……」

「看樣子您在帝都過著悠閒自在的生活一事，都傳到領地這邊來了。」

不知道是指他在酒後會對妻子施暴的事情，還是指一點也不在乎領地經營狀況的態度，但揮劍訓練媳婦的模樣似乎是沒有傳到這裡。

「吵死了，妳少說兩句。巴杜，你有什麼要辯解的嗎？」

劍尖直指著喉頭，公公緊緊瞪著執事長。

此時他顫抖著喉頭，將滿腹的怒火吼了出來。

「都是老爺完全沒有顧及領地狀況不好啊！無論遭逢歉收、橋毀壞，還是村子被泥水淹沒，就連穀物被盜賊強奪，您都只要我們自己想辦法解決……我只是盡一己之力處理罷了。」

「你的處理方式就是跟惡徒聯手嗎？」

「若不這麼做，只會被搶奪一空！他們也要生活。只要答應交易，他們就不會胡作非為了，我一點也不感到後悔。」

看著巴杜索性全盤供出的回應，拜蕾塔也心生同情。

「怎麼想都是父親大人不對。不如說，他處理得還不錯吧？」

「當這個人決心引領那些惡徒登門殺害老夫，這條命就不值了。」

「那是因為老爺竟說要派遣帝都的軍隊過來，他們只是自覺逃不了，才決定直接向您談判而已，並沒有要殺害您的意思！」

「啊，那不過是謠言而已。只是為了讓你們侵入領主館所設下的局。」

拜蕾塔「呵呵呵」地笑了起來，巴杜便一臉錯愕地看了過來。

假借視察各個村落的名義四處打聽時，村民常會提起修繕橋跟道路的那些男人們的事情。也有很多人目擊他們擊退了其他想摸黑前來竊盜的集團。實際上帶安納爾德去確認之後，確定了那些男人並不是一般工人。

這時拜蕾塔便試著放出因為到處有人目擊一群可疑人士，因此有請領主派遣帝都的軍人前來討伐的消息。

決定性的一擊便是直接對巴杜說出這件事情，而這正是因為看穿了如果他有跟穀物盜賊聯手，消息肯定會傳入對方耳中。

他們應該是明白萬一帝都的精銳軍人們前來討伐，應該會難以逃出生天吧？因為也推測出混進來的那群人大概只有一個小隊的規模，想必讓他們感到更加慌張。

公公眉頭深鎖地罵道：

「你這蠢貨，竟然完全被這丫頭的策略耍得團團轉。你們要是沒有現身，老夫就不用寫下什麼奇怪的文件了。」

「哎呀，是父親大人來拜託我想些對策，我都好好給出回答，您要是撤回這番話可就傷腦筋了。而且我有向您解釋過，這對往後的領地經營也十分有利對吧？您可不能毀約喔。」

「請、請問……您說這是策略，所以會從帝都派遣軍隊過來這件事是騙人的嗎……？難道少爺來到這裡不是為了事前偵查……」

「我是為了別的事情而來。」

執事長對安納爾德投以懇求般的視線，他卻只是面無表情地這麼說。雖然不知道實際上究竟是為了什麼事情，但他這個說詞也越來越顯真實了。

「所以我才說，有你在比較能提高可信度吧。」

「真是別具慧眼。」

拜蕾塔對著聳了聳肩的丈夫投以一抹微笑。

這次總算有贏過丈夫的感覺了。

然而更勝於此的是，聽到他對自己送上純粹的讚揚，總覺得教人自豪。而且他也沒有因為身為女性，就歧視或指責拜蕾塔的行動。

「請問……這意思是？」

巴杜問道。

「當然不會派遣軍隊過來。自尊心高的父親大人，怎麼會特地去散播自己領地上的醜聞呢？雖然至今都把領民丟著不管，現在才提起自尊心什麼的也很奇怪就是了。總之，我們決定了要私下解決這件事情。」

巴杜一再眨了眨眼，他鐵青著一張臉並抬頭看向公公。

「老、老爺……請問……少夫人究竟是何方神聖呢……不是一位普通的千金嗎？」

「那是兒子的老婆，你這個蠢貨，竟然被她裝乖的模樣騙得一愣一愣的。都因為妳這傢伙老奸巨猾，害得老夫無謂地丟盡顏面。瞧瞧巴杜的表情，簡直就像遇到妖怪一樣。妳平時就再多表現出目中無人的一面如何？不，毋寧說該好好矯正一番。」

「呵呵呵，父親大人。您這樣講真是有趣，竟然說我這樣堂堂的淑女老奸巨猾？要稱讚的話，還是建議您挑選正面一點的用詞比較好喔。您獨特的品味真是教人一言難盡呢。」

「老夫就是說妳這種個性太目中無人了。」

做出難以理解地微微歪頭動作後，公公就擺出了一張苦瓜臉。

「少囉嗦了，快點去做事，時間有限！」

「哎呀，您心情不太好呢。我就別再惹您生氣了。那麼我想想，總之我們有三個要求。第一，偷走的穀物流向。第二，盜賊們的真實身分。第三，倉庫滅火。現在要以滅火為優先，因此等事情都結束之後，再連同盜賊一起討論剩下兩件事情吧。」

「什……啊？那個……」

「蠢貨，還不快動身去滅火！」

面對愣在原地的巴杜，焦躁的瓦納魯多便發出了怒吼。

後來請家裡的傭人們一起撲滅了倉庫的火勢。

由於沒有對傭人們提及巴杜的事情，因此大家都很坦率地服從他的指示。說明了是有盜賊闖入，並在倉庫放了火就逃走之後，傭人們也都鬆了一口氣。幸好除了侵入者之外，都沒有其他人受傷，進而解釋是公公跟安納爾德擊退了盜賊，所有人也就更為安心。

不過，公公一臉不悅地看著深感困惑的執事長，所以或許也稱不上是皆大歡喜。

畢竟現在時間也已經很晚了，這件事就先暫且告一段落。

那些摸黑闖入的盜賊們全被關進領主館的地牢裡了，那裡雖然是用來囚禁村落罪犯的地方，但並稱不上寬敞。要將接近十五個人一起塞進那種地方，可說是比肩繼踵的狀況。

順道一提，拜蕾塔打昏了三人，公公則是兩人。剩下十人都是被安納爾德逮捕的，真是個強悍的軍人。由於乍看之下身形瘦削，讓人覺得就像被狐狸騙了一樣莫名其妙。

之後的事情就交給公公處理，拜蕾塔回到安排給自己的房間。根據拜蕾塔拋出的要求，巴杜似乎有事要跟公公商討，但對於年輕女性來說睡眠可是相當重要，於是拜蕾塔就早早離席了。

一換上睡衣躺上床鋪之後，拜蕾塔立刻就被舒適的睡魔給擄走了。之前為了提防襲擊，接連幾天都沒什麼睡，可以早早解決這件事也心安許多。

雖然不至於熟睡，但一覺醒來已經是隔天早上，然後就得知公公在叫自己過去。

接下來就是交涉了，雖然粗略上是有所預料，但對方的反應有點難以捉摸。

一抵達會客室，只見熟悉的臉孔都已經齊聚一堂，公公、安納爾德、巴杜以及像是盜賊團首領的男人。

男人有著一頭偏紅褐髮，目光格外凶惡。然而那並不像是地痞流氓般惡棍的氛圍，他的眼神中帶著凜然之氣。

他應該就是帶著安納爾德去遠觀他們一行人修理橋的時候，負責指揮的那個男人吧。

拜蕾塔一踏入會客室，所有人的視線都看了過來，但她也只能盡可能裝作不在乎地走進去。

「非常抱歉，我來晚了。」

隨著站在一旁的巴杜引領，拜蕾塔坐到公公的身邊。

「妳之前說的老夫全都講過了，他們都想問，妳怎麼會認為盜賊們是與鄰國有所淵源的人？」

「哎呀，您已經說了嗎？」

「因為這個男人堅持若非如此，就不肯前來交涉啊。」

「我是蓋爾．亞達魯丁，曾任納立斯王國重機部隊的補給部隊長。在地牢裡的，都是我以前的部下。」

納立斯王國是位於斯瓦崗領地東邊的鄰國。雖然是三十幾年前曾與帝國打過戰爭的國家，但在締結和平條約之後，兩國也建立起穩定的關係。甚至可說正因為如此，公公才有辦法過著都不回領地，窩在帝都醉生夢死的生活。

而且納立斯王國與其北鄰的雅哈魏倫巴皇國之間的戰爭，直到現在已經打了十年左右。他們重心全都擺在那邊，也沒時間顧及蓋罕達帝國。雖然帝國也跟南邊的鄰國起了爭執，無從批評他們就是了。不過帝國會爆發這場戰爭的起因，是在於對方不但擅自跨越國境還來挑釁找碴的關係，整體來說跟納立斯王國的戰爭有些不太一樣。

主要是因為從雅哈魏倫巴皇國嫁過去的王女遭到納立斯的國王毒殺，才會爆發這場復仇之戰。但這只是表面上的說法。

那一頭偏紅的褐髮以及褐色眼睛在帝國都很常見，因此難以用容貌判斷他來自鄰國。他的部下們外貌也都差不多是這樣。

如果不曉得其原委，確實是會把他們當作普通的穀物小偷吧。蓋爾會感到費解也是無可厚非。

「這個嘛，要從哪裡開始說起才好呢？我知道什麼是『塔嘉莉特病』。」

「妳……為什麼會知道那種疾病……！」

蓋爾的表情瞬間大變。另一方面，住在蓋罕達帝國的人都是一臉不明所以的樣子。就只有巴杜大概聽說過事情原委，只見他一臉沉重地低著頭。

蓋爾會感到這麼驚訝也無可厚非，畢竟這是納立斯王國跟雅哈魏倫巴皇國拚命隱瞞的國家級祕密；不如說知曉這件事，更證實了他曾具備相當高的地位。基本上這應該是只有接近王族的人才會知道的情報，也能說是國家機密。

安納爾德也沒聽說過的樣子，畢竟他之前都在南部打仗，不知道也是理所當然，但身為領主的公公對於鄰國的事竟是如此漠不關心，就說不太過去了。為了讓公公也能明白，拜蕾塔解釋起她所知的內情。

「『塔嘉莉特病』是取自為了兩國和平嫁到納立斯王國那位皇國王女之名的一種疾病。主要的症狀是發燒及下瀉，還會出現血便，偶爾甚至會伴隨神經病變。重症化的致死率很高，現在雖然是在納立斯王國傳染開來，但這基本上是雅哈魏倫巴皇國的地方性流行病。」

「是的。王女是在感染之後，將疾病帶進我國，就此逝世。雖然外傳是毒殺，其實是因病而亡。」

他的聲音聽起來就像硬擠出來似的。

或許是出自怒火，此時微微顫抖著的蓋爾想必一直以來都抱持著難以釋懷的心境吧。他的年紀應該沒有多老，但可能是長年累積的疲勞所致，讓他看起來年長許多。

「既然是一嫁過來就因病身亡，說不定多少帶有找麻煩的意思，但照理說應該不至於演變成這麼嚴重的問題，或者用偶然間厄運接踵而至的說詞就能結束這件事情。然而會發展成戰爭局面，正是這種疾病的可怕之處。感染率相當高，甚至會透過飲用水或食物傳染。想必就這麼從王城傳到王都，接著在城鎮之間擴散開來了吧？」

點點頭之後，蓋爾語帶顫抖地娓娓道來。

「在沒有任何治療方法的情況之中，人們一個個倒下。疾病以令人恐懼的速度傳開，進而蔓延到整個國家。然而又不能公然說明王女就是造成疾病的主因。為了兩國和平嫁過來的王女，竟是帶著疾病這樣的惡意，讓人民得知這種事也只會讓國家情勢更加混亂而已。因此當然會將源自主因的塔嘉莉特病這個病名列為機密。然而恬不知恥的雅哈魏倫巴皇國，竟找碴說是我國毒殺了王女。」

本是為了和平的這場婚姻，就這麼漸漸演變成長年的戰爭。

「不過，這種疾病卻沒有在雅哈魏倫巴皇國造成大流行。」

「這是什麼意思？妳剛才說這是該國的地方性流行病吧？」

「正因為是地方性流行病，在他們國家，當人在因此病死之前能做出因應對策；應該說，在他們身上這種病本來就不會引發重症，所以他們才會認為王女是遭到殺害。一個健健康康的年輕少女會突然死亡，原因也只能想到是毒殺了吧？」

「這種疾病竟然有因應對策嗎！」

蓋爾的身體探了出來，激動地追問。原本以為沒有任何有效的治療方式，沒想到竟然能在這種地方得知，儘管半信半疑，他應該還是想抓住這一線希望吧。

「有的。何況雅哈魏倫巴皇國也有與我國的國境接壤。但各位有聽說蓋罕達帝國嚴重流行過這樣的疾病嗎？」

「頂多只是拉個肚子，不至於病死。」

公公歪過頭想了想，並這麼說。

「也就是說，有某種東西是我們跟雅哈魏倫巴皇國平時會吃，但在納立斯王國是吃不到的，那正是不會引發重症的原因。」

「難道……是魚嗎……？」

蓋爾茫然地答道。

拜蕾塔對他點頭回應。

蓋罕達帝國跟雅哈魏倫巴皇國有部分面海的國土。但納立斯王國既是內陸國家，也位處山岳地帶。只要有靠海就能吃得到魚，但位於山間的王都附近甚至鮮少看見。

「在這狀況下能產生效果的，是由某種魚做成的魚露；但跟魚一樣，王國並沒有食用這種魚露的習慣。所以說，感染者沒有觸碰到的穀物不會有任何問題喔，亞達魯丁先生。」

「沒想到……竟然……」

在茫然自失的蓋爾身旁，公公疑惑地張望了一下。

「老夫搞不太懂啊。」

「剛開始十年左右，應該是巴杜獨斷專行吧？主要是為了可以援助經常受災的地區，所以多囤積了一點起來。該地區的水災次數多得異常，然而領主大人卻沒有要提出任何改善方式嘛。這確實是犯罪行為，但我也覺得是無可奈何之下做出的應對方式。」

稍稍瞪了公公一眼，拜蕾塔繼續說下去。

「這可以從跟這幾年相比，數字小了許多這點看出來。然而近年穀物消失的量太過異常，這麼大量的穀物不可能只是透過簡單的交易進行。就算要拿去賣，也需要管道。然而個人進行買賣也有其限度，實際上卻被盜走遠超出限度的數量。第一年大概是先試

水溫，並確定可以順利執行吧？畢竟隔年就盜走了大量的穀物。會需要這種程度的量，絕非小事。」

自從二十幾年前，伯爵就不再到領地來了，但穀物消失的量卻是在最近三年達到高峰。也就是說，應該是在一、二年前開始與蓋爾他們有所勾結的吧？諷刺的是，那剛好與拜蕾塔硬逼著瓦納魯多前往領地的時期重疊。

「不過，當我聽說穀物是流入鄰國時，怎麼樣都想不通。納立斯王國是位在穀倉地帶吧？照理來說，對穀物應該沒有那麼大的需求才對。明明沒有商機，卻還是流通過去了，這應該是因為疾病的流行，提高了民眾對於本國穀物的不信任感對吧？」

「沒錯。由於疾病會透過食物傳染，強烈的不信任感導致大家都不敢吃本國的作物……結果就造成任誰都不想碰國內作物了。然而要是國內的作物剩餘這麼多，卻還從國外進口，恐怕會令人滋生疑竇，如此一來疾病的事情就會被揭發，因此國家為了隱瞞到底，便開始強迫國民吃本國的穀物。明知會生病，但民眾還是只能照著命令吃下去……有好多人就這樣喪命了。現在被關在地牢的那些人，都有家人因為這種疾病過世。受不了國家這種做法，於是我們就為了購買穀物來到這裡。」

他們就是這樣來到這個斯瓦崗伯爵的領地吧。

這就是盜賊的真實身分。

「請問，妳怎麼會知道我們是來自鄰國呢？」

蓋爾直直注視著拜蕾塔。雖然沒有打算隱瞞這件事情，但面對現場緊繃的氣氛，她也不禁倒抽了一口氣。

「就算去問領地內的村民，也幾乎得不到與摸黑竊盜相關的情報。相對的，倒是很常聽他們說會有一群陌生男子在巴杜的指示下來到遭受水災的地區。既然會有男丁出現在這一帶，想必是從鄰國來的。一開始還懷疑可能是敗逃兵或歸還兵，卻聽聞各位的行動很有組織性，一下子就把橋給修好了。實際上我也請丈夫一同去確認過，才認為這群人想必有著一個部隊指揮官存在。」

「但光是如此，也無法確信就是從鄰國來的吧？而且妳為什麼會知道『塔嘉莉特病』呢？」

「這個嘛，真要解釋起來，正因為我是海雷因商會的親戚。」

「什麼，竟是海雷因商會的……！」

蓋爾睜大了雙眼。

他想必知道這半年來援助納立斯王國的海雷因商會之名吧。這就是舅舅最近在竭力

處理的案件。來領地之前才剛見過面的舅舅，好像因為這筆生意動輒就是相當可觀的金額而心情極佳。

「即使知道國民之間有會傳染的流行病，商會的人還是從異國帶了罕見的食物過來。我聽說民眾也都感到很開心的樣子。」

「加工過後拓展銷售通路的正是會長，不過那個食物正是可以抑制疾病的藥喔。」

「那個竟然是藥嗎？」

「我聽說是國王親自詢問商會有沒有可以治療的藥物。畢竟吃不慣魚露的人難免會有所抗拒。所以就將熬製而成的東西加工成固態的顆粒狀，並混入其他食材當中做成那種食物。而且也可以代替主食，再過一陣子整體病情應該也會趨緩下來了吧。」

「什麼……那竟然是因為能治療疾病而推廣開來的嗎……」

「對我們來說這是一筆生意，所以稱不上純粹的善意就是了……我聽聞國王與會長是舊識。得知國王遇到很傷腦筋的問題，於是會長就採取了行動。由於深知納立斯王國的內情，我才會看穿穀物的流向以及你們的真實身分。」

舅舅確實不是出自善意，只是敏銳察覺到賺錢的商機而已，但也沒必要散播這種蔑視般的事情。即使家人是個唯利是圖的人，也不用將貶低他人當既得利益。

「謝謝，真的是感激不盡……！」

只見他眼眶中泛起薄薄一層淚水，誠心地低頭致謝。看著將自己當神一般崇敬的蓋爾，拜蕾塔也只能露出苦笑。

對商人來說最重要的就是講求信用，但薩繆茲並不是一個德高望重到受人崇敬的人物。該說是舅舅有著另一面呢？應該說正因為知道他那心懷鬼胎的個性，所以總覺得心情滿複雜的。拜蕾塔只是把這些事情說出來而已，並沒有參與其中。看來是蓋爾這個人太好了吧。流行病的事情想必讓他很傷腦筋，但即使如此凡事還是要臆測一下隱情比較好。

舅舅是盤算著要當他賣給鄰國的人情膨脹好幾倍之後再回收利益，這次的事情不過是墊腳石罷了。畢竟他現在才剛回來，又立刻準備要前往鄰國了。

「這是會長自己的決定，若想感謝他，只要多多利用商會就好囉。更重要的是，你要不要在此跟我做一筆交易呢？」

「交易……是嗎？」

「是的，父親大人，請您寫的東西準備好了嗎？」

面對話題突然拋來自己身上，公公點了點頭就將放在辦公桌上的三張文件拿過來，

一張張擺在蓋爾面前。

這就是為了幫他設法解決偽造穀物申報這件事的代價。

「這是近幾年斯瓦崗領地穀物的變遷，這邊的是上報國家的份。由於這幾年來持續歉收，因此並沒有繳交多少國稅。另一張是今年的份。這邊也同樣是以歉收呈報。而且就記錄上看來——父親大人有送追加的物資過來，即使如此還是不足。請問實際上這些穀物是放在哪裡呢？」

「一部分運到納立斯王國，已經消耗掉了。剩下的還留在這個領地。」

「在東部國境邊有一座舊堡壘，現在也有幾名士兵在固守，就保管在那邊的倉庫裡。由於偽裝成為在雨季防堵土石的沙包，因此知道那是穀物的人就只有我們而已。」

巴杜接著蓋爾的話說明下去。

持有領地的領主們都有各自的軍力，要是跟納立斯王國交惡，那麼位處國境邊的堡壘就會成為國家的重要據點，並從帝都派遣軍隊駐紮，但平時都是由領主負責管理。

帝國現在都將重心擺在南部，因此位於國境邊的堡壘就成了一個很好的保管場所吧？

「我們平常也都是使用放在那邊的穀物。」

蓋爾深感抱歉地這麼說。

本來還在想他們究竟都潛伏在哪裡，沒想到就堂堂地待在國境的堡壘中。

公公雖然擺出了一副苦瓜臉，但追根究柢當然都是放任超過二十年的領主不對。所以拜蕾塔才一天到晚勸他，待在領地時要再更認真地處理事情啊。而且鄰國的人不但擅自闖入，還占據國境邊的堡壘盜竊穀物這種事情，要是被國家發現肯定小命不保。真是拿這個公公沒轍。

幸好蓋爾是真的有著逼不得已的苦衷，如果他是單純為了利益而竊盜，公公被視為賣國賊都無可奈何。要是有一步差池，就會演變成整個家族都連帶受罰的大事。現在這個狀況就算被揭發了，只要說是基於人道進行物資援助，罰則肯定可以輕判許多。何況對方還是友好國家，更是萬幸。

「父親大人真是一位優秀的領主大人呢，真羨慕您這副與生俱來的狗屎運……」

「妳這傢伙一定要這樣多嘴才甘心嗎？」

「請您體諒一下這種想抱怨的心情好嗎……睡眠不足害我覺得頭都暈了。」

「哦，那解決完這件事，就隨妳去休息。」

「哎呀，領主大人您好體貼人心！那麼，亞達魯丁先生，請問你接下來打算回國

嗎？」

「就算要回國，也沒有家人在那邊等我了，何況在戰爭中辭退職位的士兵也沒辦法恬不知恥地回去。這次雖然準備了治療藥物，但我也很痛恨那些因為隱瞞實情導致疫情擴大的王公貴族。可以的話，我是想留在這裡做些修橋之類的工作，並生活下去……但這不過是竊盜犯的一番夢話吧？」

「別這麼說，得知你也有想留在蓋罕達帝國的意願可說是僥倖。那麼，穀物請就此儲備在堡壘中吧。既然王國流行病的問題也得以解決，事到如今應該不用再追加了才是。或許會有好一段時間必須蒙受謠言帶來的損失，但只要發現持續吃下去也不會生病，輿論也會跟著平靜下來。」

話說至此，拜蕾塔對著流露出困惑神情的男人投以微笑。

「就像你看到這些資料上的記錄，除了巴杜獨斷專行的時期之外，現在得知少了幾乎三年份的穀物。」

一看到眼前明確的數字，蓋爾的臉色隨之大變。接連好幾件事情讓他的心境劇烈地起伏總覺得很過意不去，但既然本來就是竊盜犯，也能請他多包容了。

順道一提，穀物並非斯瓦崗領地收入的主要來源，因此即使是三年份穀物的收穫，也還不及領地整年收入的三成，但這件事就不明講了。也就是說，這對領地經營上並沒有造成太大的損失。

這也是巴杜能像這樣不斷侵占好幾年的最大原因吧？同時也是公公一得知歉收，就很乾脆地準備追加物資的理由。

「接下來就是交易內容了。亞達魯丁先生，我們希望你們也能繼續待在堡壘生活。現在雖然是遭捕的盜賊，但立場會有所改變。」

「請問這是什麼意思？」

蓋爾疑惑地問道，這時拜蕾塔拿起第三張文件。

那是請公公製作的平面圖。由於沒什麼時間準備，所以細節都還沒處理，但至少已經完成一個大致上的藍圖，所以一眼就能看出是要建造什麼。

「斯瓦崗領地最近計畫建造預防災害的大規模排水道，為此我們需要男丁。帝國現處戰後時期，因此可以確保足夠人手，卻缺乏擔綱指揮的人才，於是打算僱用從鄰國來到我們這邊的人。」

「這樣……真的好嗎？我們應該算是罪犯……」

「說到頭來，這全都是父親大人不好。竟然將管理領地的工作全盤丟給部下處理，

就算被留下失職領主的烙印並沒收領地，也沒資格抱怨，就算遭到領民反抗並驅趕出去都不足為奇。對於避免了此等局面的巴杜，以及負責修繕領地內木橋的亞達魯丁先生等人，可說是感謝都來不及了，遑論責難。而且是要憑什麼指責呢？對吧，父親大人？」

歪著頭朝身旁看去，就聽見傳來一道咕唔唔的沉吟。

在鎖定了犯人，並將這次整起事件的始末告訴公公時，就已經指責過一番了，當時這當中大概也包含了要報復他硬是將自己帶到這裡工作的怒氣，但他還是甘願承受這個男人也像是承認自己有所過失似的，沒做出什麼像樣的反駁。

「今年歉收的情形雖然沒有太嚴重，但昨晚盜賊沒有偷走而剩下的部分，都連同倉庫一起燒燬了，因此只能繳交一如報告中的收穫量。這就是這次的結論。」

下來了。不過自己確實也為此有些樂在其中就是。

「但我們拿走的份該怎麼辦？」

「請別擔心。至今拿走的份，就當作是修繕木橋之類的費用支付給各位。而且昨晚燒掉的那個倉庫本來就是空的，也是打算在近期進行改建的老舊建築，所以對我們來說只不過是時期提前了一點，並沒有造成什麼損失，請亞達魯丁先生別放在心上。那麼，交易內容就是這樣，你覺得如何呢？」

「這意思是……我們還有選擇權嗎？」

「當然。這是父親大人表達感謝的一番美意，理應如此。不過你們要是不願意接受這樣的條件，就會以盜賊身分逮捕並遣返鄰國，所以我是不太建議。如果決定留下來，領主大人會再跟你們說明詳情。就算是聽了之後想討論一下再給出回答，也沒關係；不喜歡這些條件的話，也可以強勢一點喔！」

「妳少說廢話。」

「哎呀，要與人交易時，必須讓對方明確了解到自己有著什麼樣的權利，否則就不能互相信賴地談生意了，如果希望對方可以長期留在這裡工作就更該如此。我要說的就是這些，請問還有什麼事情嗎？」

怒濤般整理完整起事件之後，公公一副沒勁地抬起下巴指使了一下。安納爾德則是一如往常面無表情，連問都不用問。

既然如此，應該可以解釋成要離開也沒關係了吧。

「那麼各位，我就先離席了。」

優雅地行禮之後，拜蕾塔很快就走出會客室。

想也知道就算繼續留在那裡，只是徒讓公公不快的心情直線攀升而已。等著被拿來

出氣的巴杜應該會很辛苦，但這樣也算是不追究他所犯下的罪刑，希望他可以努力撐過去。

在內心對他合掌致意，同時強忍下一個呵欠。

確實很想回去睡回籠覺，但肚子也餓了，乾脆先吃點東西再去睡午覺，感覺很美好。這樣的計畫對於時至今日的忙碌生活來說，實在是浪費時間，甚至可說是太奢侈了。反正明天就得跟安納爾德一起返回帝都，又要經歷一段艱辛的馬車之旅了。距離慶功宴也沒剩下幾天時間，無論怎麼安排，行程都相當緊湊。

拜蕾塔讓自己盡可能別去想令人憂鬱的明天，開開心心地安排好今天的計畫，並踩著輕快的腳步朝餐廳走去。

拜蕾塔離席之後，會客室內充斥著一片寂靜。

大家都露出難以言喻的表情面面相覷，現場飄散著困惑的氣氛。

「你老婆很厲害吧？」

父親大概語帶戲弄地揚起笑容，注視著安納爾德。

「她就是那副德性，腦筋轉得快到驚人，而且還能從海雷因商會的舅舅口中得知各式各樣的情報，就這方面來說人脈也很廣。因為平時就在做生意，也很善於理財。」

「那樣的劍術實力是怎麼回事？應該不是你鍛鍊出來的吧？」

昨晚看她擊退入侵者的身影可謂爐火純青，明顯具備熟練的武藝。

第一次牽她上馬車時覺得手掌的觸感有些不對勁，因此在前往領地的馬車裡，一觀察她的手就發現滿結實的。那並非貴婦人的手，而是歷經長年修練的手，確實並非一朝一夕能夠練就的成果。

一個淑女究竟是在哪裡習得那樣的技術？親眼看到她揮劍的身影時，著實感到極為費解。

「她嫁過來的時候就是那樣了，老夫也是一下子就被她擊敗。她出身自以武功聞名的子爵家，說不定是家中教育的一環，但老夫沒去確認過這件事。也可能是她的個性使然，真是個好戰的野丫頭——雖然她都大放厥詞地說自己是淑女啦，你想馴服那傢伙可是相當困難喔。」

平常面對拜蕾塔時總是垮著一張臉的父親，好像覺得相當有趣似的笑了起來，看樣

子他心情非常好。

為了蒐集妻子的情報而剛返回帝都時，安納爾德曾到宅邸去見過父親一面。本來是因為聽聞關於情婦跟小妾的謠言，而去忠告父親別要求自己幫他管理這樣的對象，父親卻一再叮囑千萬別跟妻子離婚。原以為父親是為了挽留情婦，甚至不惜利用兒子而氣憤不已，沒想到完全不是那麼一回事。他單純只是想要她的辦事能力而已！

「真希望你可以早點解釋清楚。」

「是你沒在聽人說話吧！突然跑回來就對著老夫說什麼『請管好你的小妾』，也不聽人解釋又馬上就離開了。不過，要老夫好好感謝你在那之後提出莫名其妙的賭注挽留她，也不是不行，你可要緊緊抓牢，別讓她逃了。」

初夜隔天，安納爾德便向父親說明自己提出了一個月的賭注，並暫且留住了她這個妻子。父親雖然傻眼地說賭注的內容莫名其妙，但也露出壞心眼的笑容，表示這種異常的內容大概正符合那個奇葩的妻子就是了。

「少夫人不但將對領地一點也不感興趣的老爺帶過來，也在各方面提供了許多協助。雖然完全不會干涉老爺的工作，但少夫人會向我詢問有沒有在她能力範圍內需要幫忙的事情……由於老爺幾乎不會回覆陳情書，所以有幾封是直接寄給少夫人……」

巴杜說道。

「你還做了這種事嗎？」

父親似乎毫不知情。他在感到驚訝的同時，也憤恨地嘖了一聲。

「全憑她的判斷做出指示嗎？」

「既然老爺不知有此事，應該就是出自少夫人的判斷。從昨晚的言行看來，就連老爺也是照著少夫人的意思行動的吧？」

巴杜露出不只是尊敬，甚至崇拜般恍惚的神色點了點頭。他的表情就像甩開一直附身的東西般神清氣爽，應該不只是至今隱瞞的事情全都被揭發而已吧？那是一副找到寄託似的祥和表情。

說到頭來，對安納爾德來說，這次也是時隔許久重回斯瓦崗領地。一走下馬車，看著並排在領主館前方的傭人們時，就能看出熟悉的面孔年紀都增長了不少。當時幼小的自己，至今已成年了好幾年，周遭的人當然也會跟著變老。但不知為何，這光景讓他更是深刻感受到年月的流逝。

以前覺得很大的領主館，現在看來感覺也小了許多，總覺得很不可思議。不過，巴杜即使老了，還是跟記憶中一樣健壯。

一開始，還難以置信比任何人都深愛著領地及領主館的他，竟會涉及侵占貪汙，甚至覺得肯定是哪裡搞錯了。所以在向傭人們打聽妻子的事情時，也順道問了執事長至今的工作狀況；就結論來說，都沒聽見他們的壞話，巴杜的工作態度跟安納爾多想像中的一樣，就連妻子也是任誰都沒有負面印象。令人驚訝的是，傭人們甚至已經跟妻子相處得很融洽了。看過報告之後確實知道父親有帶她來領地幾次，沒想到關係竟然這麼好。

回想起報告中提及她有大批信眾的內容，安納爾德自然也揚起了嘴角。

「她的指示下得明確嗎？」

「那是當然。原本以為少夫人是詢問過專家意見才給出那樣的回覆，但從方才那樣看來，大部分應該都是出自少夫人的思量吧？真是一位具備遼闊視野，而且橫跨許多領域、造詣頗深的人物，相當適合管理領地喔！不只如此，還有著強烈的正義感，個性率直又重感情。照理來說，營運夫家領地並非少夫人的管轄範圍，但她應該是無法對深感困擾的領民坐視不管吧！這幾年來還能勉強守住這塊領地，都是多虧了少夫人的盡心盡力。」

「原來如此。這下子我知道你被妻子掌握住不少弱點了。」

「差點就要讓妻子逃走的沒出息兒子，才沒資格批評老夫。」

瓦納魯多冷哼一聲並皺起臉來。一旦講到對自己不利的地方就會立刻打斷話題，器量狹小的父親態度還是一樣。

「她就像是我國聖母神一般的人物，既美麗又婀娜，還聰慧到令人敬畏，真羨慕你能娶她為妻。」

至今保持沉默的蓋爾極為感慨地開口。從他的雙眼中看見憧憬的同時，也能感受到無比的熱情。

她就是像這樣創造出一個個崇拜自己的男人啊！儘管傻眼，還是不禁感到欽佩。如此一來，就能肯定「她是個擄獲男人的心進而控制對方的惡女」這樣的風聲，終究只是不實的傳言。不如說從另一個層面看來，可能更勝謠傳。

充滿正義感，無法對遇到困難的人坐視不管，並會盡一己所能做到最好。更重要的是，她並不會拿別人的功勞講得好像是自己的成就一樣。一面經商，並協助管理領地，這些全是出自她的能力。

的確是娶了一個不得了的女人為妻。

正因為如此，自己是不是第一步就走錯了呢？

「那個丫頭真的有夠難搞。不但相當理解自己的美貌，對於聰慧的頭腦跟劍術的能

力都很有自信……但相對的，她看起來卻感到自卑的樣子。」

「感到自卑嗎？一般來說，具備這些值得自豪的要素，應該會對自己很有信心才是？」

「這就是那個丫頭奇怪的地方，不知為何，她不在乎自己的價值甚至到了驚人的程度。就拿她的容貌來說好了，大概是跟那些散播謠言的愚蠢之人曾經有什麼過節，讓她對於自己會引人注目的容貌感到厭惡，宛如容貌是惹事的根源一般。所以她非但不習慣應付男人，還很討厭男人，認定所有靠近自己的男性全都是輕信了謠言的人。正因為如此，她也放任謠言不去澄清，甚至還趁勢惡搞。」

「趁勢惡搞……」

「哼，社交界也都被她耍得團團轉嘛！竟然還有年輕小子跑來找老夫挑釁。老夫怎麼可能跟那種冒失鬼單挑啊？然而那個丫頭卻利用這件事助長了謠言，不只如此，還說什麼『大家都覺得您有個這麼年輕又可愛的戀人，父親大人還真幸福呢！』這種蠢話……真是個性格惡劣的丫頭，你最好在下次的晚宴上想想辦法。」

「多虧如此，我也被謠言耍得團團轉了。」

原來是這樣啊。安納爾德都想大嘆一口氣了。

因為那個謠言，自己竟將沒道理的怒氣發洩在妻子身上。

「那是你的老婆吧，還不都是你把她丟給老夫，管好自己的老婆好嗎？那種麻煩的女人，不但嘴上不饒人，當你以為她退讓時，不知不覺間反而變成自己被逼到沒有退路了。開口閉口都是嘲諷，囂張的臭丫頭，一天到晚計畫著把老夫玩弄於股掌間的策略。不管過了幾年，態度完全都不改變。你去教教她要怎麼尊敬年長者吧，跟她說媳婦本該更加敬重公公才對。還有啊，那個丫頭——」

之前感到氣憤不已的明明是自己，立場卻在不知不覺間顛倒過來了。

父親直到剛才還好像很開心地稱讚妻子，轉眼間就突然翻臉也讓安納爾德難以接受。想必是妻子至今的態度讓他感到相當鬱悶吧！雖然一個接著一個回想起來都在在令他惱火不已，但這些都是現在得聽他抱怨的事情嗎？

從小到大都沒被父親說教過的安納爾德，落得從一大早就得被訓話到沒完沒了的下場。

間章　惡女妻子的真實樣貌

安納爾德也不太確定是什麼時候察覺自己欠缺所謂情感這種東西。說是欠缺或許太誇大了。不如說是相當遲鈍吧？而且還只有兩種情感——平常的感受，以及不快的感受。

安納爾德在父親的領地出生之後，就在那裡長大，但從小就是個面無表情又幾乎不太說話的孩子。說不定，從那時候就若有似無地產生一點自覺了。

父親去上戰場的期間，在照料生病的母親時，他更是強烈感受到自己幾乎沒有什麼情感起伏。儘管傭人跟母親都很擔心安納爾德，他卻無法用同樣的心情回應他們。

尤其是母親在生病之後，就像頓悟自己不久於人世似的，遙想著被留下的兒子的將來，幾乎每天都以淚洗面。看母親哭成這樣讓他很傷腦筋，於是他就一邊觀察周遭的人，思考自己要露出怎樣的表情才好，要說出怎樣的話才好，以應對各種情緒。

會去照料母親的花壇並摘花給她看，也是其中一環。多虧這個舉動，引來以園丁跟執事長為首的傭人們的同情，倒是令人感激。

但這樣的行為其實相當勞心費神，當母親過世之後，安納爾德又重回平常不太說話又面無表情的態度，然而傭人們卻以為是喪母的打擊所致，並沒有多加干涉。

直到父親從戰場歸來之前都待在領地的安納爾德，在傭人們的圍繞下靜靜地生活。單調緩慢又理所當然的日子，就這麼一天天過去。既沒有特別想要奮起上進，也不會感到低落消沉。

如此平淡地度過每一天。

從戰場歸來的父親因為母親病逝的緣故開始成天酗酒，自己也因為罹患肺病而退役，因此都待在宅邸裡。父親只來過領地一次，立刻又回到帝都的宅邸去了。在這狀況下，勢必也會把自己叫回帝都，但看著酒醉又自甘墮落的父親，安納爾德感到不快，後來就照著瓦納魯多的意思去就讀帝都的學校。由於學校備有宿舍，也就不必回家看到父親那副模樣了。

這樣的自己之所以成為軍人，是受到現在的長官莫弗利・德雷斯蘭的邀請。

他也正是當安納爾德第一次參加晚宴，被素未謀面的貴婦人襲擊、遭到侵犯時前來救助的人物。當然，對他人毫無興趣的自己不可能知道他是誰，只覺得是個奇怪的男

人。

「沒想到竟然會去救助男人，我是不是也快不行了呢……」

在晚宴後院的月光照耀下，年輕男子態度輕浮地這麼發著牢騷。從他那副毫不矯情的模樣中，看不出剛才衝進男女發生關係的房裡、將自己一把抱起的粗魯態度。一邊整理著凌亂的衣服，平靜的安納爾德注視著眼前這個一頭栗髮的男人。

「那你別來救助不就得了？」

「如此一來，你就會解決掉她吧？你沒聽說過萊登沃爾伯爵夫人嗎？就算是那種惡女也有好利用的地方。不過你豈止對他人不感興趣，對自己似乎也是呢。」

就算對異性不感興趣，會伴隨實際傷害的話就另當別論了。

雖然並沒有特別對異性抱持興趣，但對於身體被逕自拿去利用而喪失了童貞這點，只產生滿心厭惡。而且自己的身體還是起了生理反應，也讓安納爾德覺得遭到背叛似地感到惱火。

更重要的是，因為這件事情，讓他變得討厭女性。然而自己身上出現一個像是弱點的東西，也讓他難以忍受。

「我還是覺得很不愉快。雖然我不會對於已經過去的事情再多費唇舌，但這次給我了很大的教訓，下次會好好應對。」

看著面無表情而且語氣平淡的安納爾德，莫弗利深感興趣地眨了眨一雙紅眼。

「論斯瓦崗伯爵家的家世，應該跟萊登沃爾伯爵家不分上下才是。沒想到長子的想法還真是奇特呢！這麼說來，現任伯爵原本是個軍人對吧？話雖如此，也不算是軍人派。」

蓋罕達帝國現在有兩大勢力互相抗衡。

分別是由舊帝國時代的貴族構成的帝國貴族派，以及由家世歷史尚淺的貴族和平民軍人所構成的軍人派。

將重心擺在戰爭上的這個國家，最近是軍人派的勢力比較強大。對貴族派來說，這是無論如何都難以容忍的事情。

斯瓦崗伯爵家只論血脈來說，確實是舊帝國貴族，有著悠久的家世歷史，也經營著富饒的領地。一開始並沒有多想這場晚宴會邀請自己背後的意圖就來參加了，但這麼說來，或許正是貴族派想拉攏人才。

但說真的，對安納爾德來說怎樣都好。

「我對這些事沒有興趣。」

酗酒成性的父親應該也是吧？

雖然不知道父親為什麼會從軍，但他肯定對派閥鬥爭一點興趣也沒有。

「他們是想拉攏你，才會派她來設局。那麼，我也還能來籠絡你嗎？」

「籠絡？」

「我是軍人派的啦。」

「那你還正大光明地參加貴族派的晚宴？」

「對方也知道啊。何況這場晚宴也不用遮住臉。所以我才像來找麻煩一樣前來參加了。」

「這樣啊。」

安納爾德不禁覺得他瘋了，不過會感到有趣的基準，本來就因人而異。這不是他能說三道四的事情。

一邊這麼想著並做出回應之後，對方思索般點了點頭。

「你就像個人偶一樣耶。一副覺得人生很無趣的樣子。」

「你看起來倒是滿快活的。」

「呵呵，這還是頭一次聽人不帶任何情緒地對我這麼說啊。既非嫉妒，也不是揶揄，更不是貶低。太有趣了，你啊，要不要來當軍人？我覺得應該滿適合的喔！」

那晚就這麼在沒有給出明確回應的狀況下道別，但隔天卻有軍官學校的入學資料送到宿舍過來。明明連考試都沒有參加，卻莫名其妙就收到合格通知了。

但因為也沒有其他特別想做的事情，安納爾德就這麼進入軍官學校，一路念到畢業。在畢業之後立刻被分配到的部隊上，不但跟那個男人重逢，對方還成了自己的長官。

「咦？你還是一樣，一臉了無生趣的樣子耶。」

分配到部隊的第一天去向長官打招呼時，他一臉和藹可親的樣子笑了笑。

這時候的安納爾德，已經知道眼前的男人是個面容和藹的惡魔了。

酗酒、玩女人、賭博，樣樣都來。極盡享樂之能事，只把戰爭當餘興的男人。比起自己，他更是個性格有瑕疵的人。

「人生就是需要一點刺激嘛，來，一起好好享受吧。」

在惡魔的引誘下，來到的地方是混沌的紛爭地帶。

本來是從小型部族之間對立所引發的紛爭，不知從何時開始讓帝國有了干涉的餘地。雖然不知道高層是怎麼想的，但這場紛爭的規模並不需要帝國多管閒事。然而莫弗

利卻大放厥詞地表示，就像在參加一場單純的遊戲一樣。

「對方手上只有農具，而且只會毫無防備般地直衝過來。我們則是要使用武力排除他們。」

無論刀劍、槍枝等物資都十分充足，甚至還能進行轟炸。就人數來說，也是帝國這邊壓倒性的多——根本是一場鎮壓。

雖然不知道這究竟是哪裡有趣，但身為長官的莫弗利始終都面帶笑容，輕鬆結束了這場紛爭。幾年過去，當兩人一起踏過好幾處戰場之後，安納爾德對他說出無意間聽到的傳聞。

在被分配到的豪華辦公室裡優雅地品茗的莫弗利，將注意力從文件上移開。

「中將閣下，您知道自己似乎被稱為『栗髮的惡魔』嗎？」

一開始配屬到他底下的部隊時，他的渾名已經傳遍整個帝國，現在甚至傳到國外去了，讓人不禁傻眼地想，他究竟是做了多麼可怕的惡魔行徑。

「你則是被稱作『戰場上的灰狐』吧。比起生物，我覺得虛構中的產物比較好，你覺得呢？」

「我沒有任何想法。不過給人的印象至少還是身上流著鮮血的生物，這樣比較好吧？」

自己一天到晚被這個長官當作人偶看待。雖然是敵人的觀點，至少從世人角度看來自己似乎還是個生物。

「但也帶有冷血、冷酷的意思，這些你就不在意了啊？不過，算了。我覺得有趣的地方在於狐狸看起來跟貓滿像的，但其實是犬科。雖然警戒心很強，好奇心也很旺盛。」

「所以？」

「其實套用在你身上感覺滿貼切的。我覺得你是那種好奇心旺盛，要是對上你的喜好，就會陷得很深的那種類型。」

第一次有人對自己這麼說。

說到頭來，自己從來沒有對任何事情感興趣到熱衷的程度。也搞不太懂什麼是好奇心。

「是說啊，我換個話題，你有回老家嗎？」

「不，從軍官學校畢業之後就再也沒回去了。」

「也是呢，我知道。唉，這該怎麼辦呢……」

惡魔般的男人難得露出思考的模樣。然而，他立刻就揚起笑容。

安納爾德早就熟知這抹笑容有多可疑，於是馬上升起戒心。

「你應該知道很快就要被派遣到南部作戰了吧？但這次的南部之戰可能會打很久喔。我希望你能在那場戰事上帶領一個部隊，所以想讓你升遷。為此，我有一個條件。」

「什麼條件呢？」

「找個對象結婚吧，你的人生一定會變得很有趣喔！」

實在很想問他「由結婚對象讓自已的人生變有趣」究竟是什麼意思，但還是把話吞了回去。

「你喜歡怎樣的對象呢？可愛型、美女型、狗狗型，還是療癒型？或者出乎意料地喜歡有虐待傾向的女生？」

究竟是擔心單身的自己會感到寂寞，還是出自要跟他一樣因異性而受盡糾纏這種倒添麻煩、多管閒事的好意呢？不過以莫弗利的情況來說，全都他自作自受就是了。

無論如何，安納爾德也很清楚自己無法反駁這個惡魔般的長官；雖然知道，但也明白這並不是能夠隨便答應的事情。

「我記得沒錯的話，說我討厭女人的正是閣下吧？」

「是啦，畢竟剛好碰上你失去童貞、把你救出來的人就是我嘛！我也知道，你後來有適當地一邊控制感情玩了一陣子，更明白你最近更是打從心底嫌麻煩。既不主動靠近，面對倒貼的人也都不搭理，這樣的男人就是討厭女人了吧？但是啊，你的人生還有很長一段路喔。正因如此，我才給在這方面的欲望幾乎乾涸的可憐部下提出了這個建議，妻子可是特別的存在喔。」

「我認為這世上透過相親的婚姻大多都不會順遂。更重要的是，聽未婚的閣下這麼說，一點說服力也沒有。」

「因為我最喜歡夜夜笙歌啦，要是娶了老婆就很難這樣玩了。這也是原因之一啦，但現在更重要的是升遷。只要階級提升了，你最討厭的女人就會群起湧過來喔。趁現在就先採取行動比較好。」

儘管對於他想用這種說詞說服自己感到傻眼，還是決定盡量配合一下。

「這樣啊，那說起我希望的條件，大概就是想找個有骨氣又有膽識，而且具備強悍實力的對象。」

「咦，那指的是女性嗎？」

「當然，我並沒有想跟同性搞在一起的嗜好。」

「你喜歡那種女生啊，真的嗎？是要娶來做什麼？人家踢你會覺得高興之類嗎？天啊，我要對你改觀了。」

莫弗利樂得拍起手來，這好像逗得他很開心的樣子。

這個回答讓長官大吃一驚真是太好了。畢竟自己只是隨便列舉出期望招募到的新兵條件而已，世上怎麼可能會有這樣的女性？如此一來，要自己結婚這件事應該也會不了了之。

「咦～就算在軍隊中可能也找不到幾個這樣的人，何況是女生啊。嗯？等一下喔，我記得他們家的女兒好像就是這種感覺耶。」

長官說出如此不祥的一句話，接著就拍了一下手。

「有耶，有喔有喔，有個女生完全符合你的條件！」

安納爾德不禁佩服起沒有失禮地反問一句「真的假的」的自己，真是明白事理。

不過到頭來還是沒跟那個妻子碰面就上了戰場，並在八年後收到挑釁般的離婚書狀。大概真的像自己提出的條件一樣，既有骨氣又有膽識吧！有沒有具備強悍實力就不得而知了。

因此產生興趣之後，安納爾德一回到帝都就開始蒐集關於妻子的情報，沒想到竟是個可怕的惡女，於是轉瞬間就擬定好如何懲治她的計畫。或許是聯想到當時奪走自己童貞的惡女，而兼具了在某方面來說的復仇吧？

但那在自私自利的初夜過後，才發現這樣的臆測大錯特錯，然而木已成舟。

到了隔天早上，留下還在沉睡的妻子就下樓吃早餐時，剛好與幾乎是初次見面的繼母及妹妹碰面。

自己跟父親的後妻幾乎沒有接觸過。當時已經就坐的繼母芯希雅以及算是妹妹的米蕾娜正在吃早餐，已經吃完的父親正在喝餐後茶，一看見安納爾德現身還不小心嗆到一口。

他應該有聽管家杜諾班說過自己昨晚就回來的事情，怎麼還會這麼慌張？是不是沒想過自己會出現在早晨的餐桌上啊？

安納爾德無視父親的反應，看向並肩坐在對面的母女倆。她們看著走進餐廳的安納爾德都不禁愣在原地，簡直就像遭遇到怪物一樣臉色蒼白。

「早安。」

「呃，嗯。早安。安納爾德，你回來了啊？」

「我昨天半夜才回到這裡，所以沒能跟各位打招呼。不過從今天開始，我會在家裡住一段時間。」

安納爾德在餐桌旁就坐並用起早餐後，繼母露出生硬的笑容。

「這樣啊。你才剛平安地從戰地歸來，請好好休息一下。」

「謝謝。」

對繼母來說，肯定從未想過自己會回來這個宅邸吧？明是如此，儘管有些僵硬但還是逼著自己揚起笑容，看了就令人厭煩。討厭女人的自己，遇上會結伴成群的女人更是感到不快。

安納爾德感受到跟平常一樣的厭惡感，但這才發現直到昨晚對妻子抱持的那股憎恨，不知何時已然消弭。仔細想想，那真是個難以捉摸的女人。不，打從一開始自己會對她抱持興趣就很奇怪了。

安納爾德一邊咀嚼著柔軟的麵包，並若無其事地分別觀察起眼前這兩個女人。她們似乎覺得自己很礙事，卻不知道是針對什麼事情才產生這樣的念頭。在報告上已經看過她們跟拜蕾塔感情很好，會不會是為了她而想將自己趕走呢？

「那個……你有跟姊姊大人說過話了嗎？」

他看向語帶顧慮地對自己搭話的妹妹。安納爾德平靜的目光投向那個有著一頭遺傳自母親的金髮，以及跟父親同為淺藍色眼睛的少女，從她的表情中可以看出膽怯和恐懼的神色。

從來不記得自己跟米蕾娜曾經交談過什麼，這說不定是她第一次主動對自己開口吧？就算不用特地去看那微微顫抖的手，也能明白她感到害怕。即使如此還是特地這樣問，應該就代表她比自己所想的更加仰慕拜蕾塔；換句話說就是她的同夥，也是該排除的對象。

即使只是弱小的同夥，聚集在一起也會造成大麻煩。在經歷過的戰爭中也證實了這一點。不得輕敵，也不得大意。

安納爾德點了點頭回應。

「只是稍微談了一點近況，還有關於往後的事情。」

那道試探般的視線，似乎是想看清安納爾德往後的態度。只要表現出一點會危害到妻子的舉動，應該就會遭到妹妹某種程度的反擊。就算想排除妹妹，同樣也會立刻傳到妻子耳中吧？也就是說，她們站在同一戰線啊。

「這樣啊。」

相對的，自己的同夥暫且是父親嗎？

「妳跟她真要好呢。」

「姊姊大人是我的恩人，曾給予我援手，在那之後也都一直很疼愛我。姊姊大人是一位相當優秀的人物，也很溫柔，所以請你不要傷害她，也絕對不要害她哭。」

現在是沒有打算傷害她。如果妻子是一如傳聞那樣的惡女，要怎麼傷害她都不會有所遲疑。但昨晚那件事，讓安納爾德決定先觀察狀況並重新蒐集情報；他體認到由自己親眼看見、做出判斷還是比較重要，他人蒐集的情報終究欠缺可信度。

然而，昨晚已經狠狠地惹哭她了。

妹妹投來譴責般的視線，她似乎認為對拜蕾塔來說，逃離自己身邊才是最好的選擇。安納爾德知道真要說起來，自己算是差勁的那種類型，所以她會這麼想確實也沒有錯，然而自己也不打算眼睜睜讓妻子逃開。

一直以來對女人都沒有任何執著，不知為何，唯獨她讓自己產生絕對不能放手的念頭。然而也想不出一個明確的理由，就只有類似焦躁的飢餓感在心中悶燒著。那股讓人覺得奇怪的感受好像沒有盡頭，但無論如何都有種自己搞砸了什麼事情的感覺。

覺得待起來很不自在的安納爾德，就這麼一邊吃著早餐。

在那之後，便向父親坦言了跟拜蕾塔之間的賭注。他雖然說著「隨便你」，但又給了「別讓她逃了」的忠告，讓安納爾德的內心湧上難以言喻的情緒。看來自己在關於妻子的事情上，似乎很不喜歡受到父親的指示。

就這麼帶著難以言喻的心境，來到以前用過的房間。這睽違八年的房間，跟要踏上戰場前相比沒有任何改變，靜靜迎接安納爾德歸來。大概是有在打掃這個房間吧？四處都不見灰塵堆積，物品的配置也都沒有改變；但還是能感受得出主人長年不住在這裡，而帶著一股沉悶的氣息。

一打開正前方的窗戶，早晨爽朗的風頓時充斥了整個房間。

無意間看了桌子一眼，就注意到一份有點褪色的白色裝幀豪華簡歷。當時的色澤想必是耀眼的純白吧？這也讓人感受到歲月的流逝。

「原來放在這裡。」

從來沒有翻開來看過，甚至不記得自己有收下這東西。但既然是放在這裡，就代表確實在前往戰場前有收下。安納爾德時隔八年再次拿了起來，並翻開封面。

一打開，只見一位有著眼尾上鉤的紫晶眼，感覺好勝心很強的少女面露微笑。那是一幅垂著一頭莓果粉金的柔軟長髮，穿著很女孩子氣的淺藍色禮服，坐在椅子上的少女

肖像畫。以要送到相親對象手中的肖像畫來說，這抹微笑也太有氣概了，安納爾德不禁露出苦笑。

看來素未謀面的妻子，還真的符合安納爾德無意間提出的條件。

昨晚在月光底下露出那副堪稱妖豔模樣的她，雖然難以跟肖像畫中的身影聯想在一起，但若是在陽光底下見到她，印象或許也會有所改變。

思及「要是可以更早看到這幅肖像畫、看到她本人……」的同時，卻也能輕易想像得到就算看到肖像畫，心情上應該也不會產生任何動搖吧？因為自己從來沒對他人抱持過任何一點興趣。

「妳還隱藏著怎樣的一面呢？」

安納爾德不禁對著肖像畫這麼問。只是過了一晚，對她的認知就翻轉了好幾次。以為她是個惡女，沒想到竟是純潔之身；想說她是個強勢的人，卻還會嬌弱地攀附著自己。既然她是第一次倒也理所當然，但原以為她那副深感不安的模樣也是出自演技，還覺得逼真到令人佩服——現在想想甚至感到惹人憐愛。

家人也都掛慮著她。父親希望可以把她留下來，妹妹則是跟她十分要好，芯希雅好像也很照顧她。

她究竟是個怎樣的人——自己對於內心湧上的心情也感到驚訝。

安納爾德於是決定改變計畫。一開始認為進行一個月的報復就夠了，現在卻覺得一個月可能都還難以摸透拜蕾塔這個人。就連放手也覺得可惜，因此需要進行大幅度的修正。

就算結果產生了一百八十度的改變，當然也該配合做調整。

從來沒跟人有過深交的安納爾德，感受不到他人細微的情感變化，就連對自己的情感都這麼遲鈍了，這也是理所當然。

但在戰場上，要看穿敵人的思考倒是很容易。畢竟腦子裡滿滿裝著歷史上的戰爭過程。無論哪個時代都只是換個戰場而已，戰爭的動向都一樣。安納爾德善於利用從書中獲取的知識分析行動，並進行預測，也很會觀察並參考周遭其他人的舉止。

就像小時候努力不讓母親擔心一樣。

「跟鎮壓暴動差不多吧？不，或許比較接近攻城戰，尤其是攻略堡壘或城堡時的狀況。」

安納爾德試著動員至今學到的所有知識。

若要展開攻城戰，希望我軍的兵力是對手的三倍。尤其當對手要將局面引導至守城戰的話，就要斬斷對方的補給路線，也想防止有敵方援軍繞到自己背後。不知道她實際上握有多少兵力，援軍又會有誰呢？

一旦開始思考，才發現自己對於妻子並沒有直接的了解。

必須根據她至今的成長過程及行動進行分析才行，但手中的報告雖然不能說有造假的地方，也確實夾雜了推測及謠言於其中。首先，得從仔細斟酌開始。

「在那之前，還要先寫下字據……我想想，要怎麼寫才會對自己有利呢？」

寫好字據並讓妻子簽了名，但還是想好好探究一番。就在這時，得知她要前往領地視察的事情。這是一次絕佳的機會。安納爾德懷著看透妻子真面目的決心，決定一同前往視察。

有著惡女謠言的妻子的真面目，究竟為何呢？

說穿了，帶她去領地視察是能做什麼？之前都以為是父親享受著跟情婦同行的旅行，只能聯想到可能是避開在帝都的後妻目光，做些男女的事情之類低俗的臆測。然而，實際與他們一同前往視察，就被她比領主還更像個領主的舉止嚇了一跳。

遍讀斯瓦崗領地的資料、觀察地形，並擬定今後的對策。

不如說令人傻眼的是，斯瓦崗領地的狀況糟到要是沒有她，不知道現在會是什麼模樣。從來不曉得父親竟然不顧職務到這種地步，也不知道妻子竟然這麼有經營手腕。

她的能力真的十分出色。

若想在戰場上顛覆局面，情報不可或缺。不只是敵軍規模等總戰力，包括布陣位置的地形、氣候，還有至今的歷史發展等等，要蒐集的情報領域十分多元。此外，也要事先調查軍方指揮官的想法及擅長的戰術，將這些資訊像拼圖一樣組合在一起之後，再找出最佳解答。安納爾德算是記憶力很好的人，牢記著歷史上記載的那些戰略及戰術，也因此被語帶策略家之意地以狐狸形容。

就連這樣的自己，也對她蒐集情報的能力感到讚嘆不已。

對這個女人令人深感興趣到甚至想找來當部下。

領地視察的最終目的，就是擊退搶奪領地穀物的盜賊，然而就連這個真相也並非單純的逃稅或穀物竊盜而已，而是建立在牽扯到鄰國的複雜關係之上。聽到巴杜染指貪汙事件時就覺得不太對勁，但在得知父親是有多麼怠忽職守之後，一切也都說得通了。何況一旦了解鄰國的情勢，成為隊長的那個男人會採取這樣的行動，也只能說是情非得已。

然而最令人感到欽佩的，還是妻子一圈又一圈設下的謀略。

就算事前從她舅舅口中得知情報，她還是能以在村子裡問來的線索為基礎進行推測，並成功誘導鄰國那些人前來襲擊領主館。讓人不禁產生所有人彷彿被她玩弄於股掌間的錯覺，然而她的計畫又是那麼巧妙。

心中只對妻子感到無窮盡的興趣。

然而，就這點來說，唯獨她寫給自己的那封離婚書狀太過草率了。換句話說，會不會是自己對她而言並沒有那麼重要呢？

如果只是被她小看，那還有辦法逮住破綻；但如果不被她看在眼裡，倒也確實會產生複雜的心情。

總之，既然是妻子讓自己這個被說像個不帶情感、人偶般的冷血男人變得這麼奇怪，那就更加沒有放手的打算——唯獨這份情感化為明確的事實，並占據自己的內心。

看見惡女真實的一面之後，與其改過自新，反而因為想得到她，而提振了類似鬥志的情感。

即使如此，長官說會變得有趣的這句話，還真的不見得有錯。思及此並想起妻子的身影，也不禁心生歡喜。

「你應該正在想『勝戰紀念典禮這種事情也太麻煩了』，對吧？」

才跟妻子兩人從斯瓦崗領地回來而已，立刻就因為勝戰紀念典禮事前會議的名義，久違被軍方叫去。討論關於三天後典禮的事情就已經夠擾人了，被找去的還只有這次獲頒勳章的人而已。由於只是要決定在會場大廳中的上台順序、動作等瑣事而已，會議很快就結束了，因此更令人厭煩地想：「這種事情即使在典禮當天才確定，也沒問題吧？」

在那之後，正要離開典禮會場時就被莫弗利叫住，也不知為何，就只有自己被他找去辦公室的樣子。因此，現在是兩人在這間房裡獨處。

儘管內心只充斥著滿滿不祥的預感，安納爾德還是面無表情地看著長官。

在辦公桌就座的莫弗利揚起和藹的笑容。

「在你看來浪費時間或毫無意義的事情，其實都還是有其深意。要是不好好表揚立功的人，之後可能會演變成令人傷腦筋的狀況，在威權主義下更是如此。」

「我聽說慰勞獎金似乎會延後支付的樣子。」

「都是因為國會從中介入啊，那才真的是麻煩的事情呢。那群老奸巨猾的傢伙在那邊嚷嚷著找到一個好藉口了。」

「這樣啊。」

「好好好。我知道你還是一樣對政治角力不感興趣吧？就算你擺出這樣的態度，我也不會覺得受傷喔。」

也不是完全不感興趣，早就預料到從南部戰線歸來之後，接下來要面對的鬥爭想必就是政敵了。不過現在正在跟妻子打賭，而且總覺得——對方更是所謂的勁敵。

就算不是敵人，也依然是自己深感興趣的對象。

「無論發生什麼事情，應該都傷害不了閣下吧？」

「你還是一樣很沒禮貌耶。瞧你這副德性，會不會被老婆嫌棄啊？我看你這個人在休假期間想必也沒做什麼好事吧？你要是敢說都沒有回去伯爵宅邸，整天窩在軍方配發的住處睡覺的話，我可是會生氣喔！」

「為什麼我要因為這種事情被閣下責罵呢？實在無法理解。而且我有回家。」

「這樣啊，那還真難得耶！我還以為你會丟著老婆不管，就著手為下一個工作做準備了。嗯，既然如此似乎也不必特地把你找過來呢。你可以回去了，好好享受這段假期吧。」

「是。」

點頭回應並準備離開辦公室的安納爾德，無意間停下腳步並看向長官。

「這麼說來，我有一件事想詢問閣下的意見。」

「咦？真難得你有事請想問我，怎麼啦？」

安納爾德看準坐在辦公桌前拿資料把玩的長官，因為感興趣而抬起頭來之時，開口說：

「因為閣下平常講的事情大多無法作為參考。」

「呃，突然間是怎樣？好像很有趣耶，到底是什麼事？」

「是關於追求女性的方法。」

安納爾德平淡地這麼一說，莫弗利睜大雙眼並噴笑出聲。

「噗，你想問這種事？是要追求誰啊？」

「我的妻子。」

「你的妻子？拜蕾塔嗎？」

「當然。我是因為閣下的命令才娶她為妻，要是您忘了我也會覺得很傷腦筋。總之，就算我稱讚她的容貌，也只得到冷淡的回應而已。」

「喔喔，拜蕾塔啊……她滿棘手的吧？應該也很討厭那些老套的甜言蜜語……該怎麼說呢，怎麼總讓我覺得好像是自己被她甩了一樣……拜蕾塔啊，嗯～想讓她動心，或許不是要稱讚她的外表，而是更內在的層面會比較好吧？」

身經百戰的長官思考了一下之後，和藹地笑了笑。

「內在？」

「像她這樣討厭自己外表的類型，如果稱讚她的個性或體貼的一面，會比較有效。」

不知為何，莫弗利跟父親好像都很了解她的樣子。

為什麼這又讓自己產生一種不悅的心情呢？

腦海一隅一邊這麼想著，安納爾德點頭道：

「這樣啊，謝謝閣下的建議。」

「你還在這個階段的話，跟拜蕾塔的初夜該怎麼辦才好啊？」

「不，那倒是已經經歷了。」

「咦？是喔，真意外，你也不是對那種事情特別積極的人吧？平常總是因為無法徹底拒絕才被撲倒的說。她應該也是第一次，感覺應該會是滿糟糕的體驗呢？」

「所以說，在那方面我也從閣下身上得到了建議。」

「咦？」

「忘記是什麼時候了，您曾在這裡就直接跟女人做起來了吧？應該說，更久之前好像也有過類似的事情。我記得好像是統括管理部的輔佐官，還有軍司令部中某一位的千金，是吧？」

「在職場上總覺得會特別興奮呢……這樣啊，你拿那個當參考啦，所以說呢，怎麼樣？」

並沒有感到特別害臊的長官，笑咪咪地追問下去。以他的狀況來說，不只是職場而已，就連軍方舉辦的晚宴上、正在進行訓練的官舍裡，還有會議室也是，總之不顧場合地到處發情，沒被人目擊到祕事還比較罕見。

大概就是因為這種個性才會稱為惡魔吧？

安納爾德思索了一下。

那晚的拜蕾塔極為煽情，又十分妖豔，另一方面緊緊依偎自己的模樣也非常可愛。

若是問及那晚的感覺好不好，應該是滿不錯的。
就連生性淡漠的自己都不禁陶醉，那彼此應該共度了一段滿歡愉的時間才是。然而要向長官說出這種詳情，總覺得會讓自己不太開心，於是直直盯著長官看。
「這麼說來，閣下晉升了對吧？恭喜您，上將閣下。請問您的心情如何呢？」
「你的個性真的很差勁耶……怎樣啦，讓我多聽一點部下開心的話題也沒差吧？你這傢伙的獨占欲真強。」
所謂獨占欲究竟是怎樣的情感呢？雖然在無意間浮現這個疑問，但就算問出口想必也只會被長官捉弄而已，因此就不再多說什麼了。
「這不是我的問題，而是代表妻子很有魅力吧？她是個既可愛又高潔的人。」
這麼說應該已經迴避掉了才是，但好像反而正中紅心。
「噗呼！等、等一下……拜託你不要突然逗笑我。要死了……我的腹肌要死了。」
「我只是認真地談論這件事，並沒有要逗您的意思。」
「是、是喔。但剛才那句話實在太好笑了……你到底有多喜歡你老婆啊？」
「喜歡？」
「我本來還擔心，你會不會在戰場上堆積了太多欲望，結果一口氣爆發……看來是多慮了。而且說她可愛又說她高潔，根本捧上天了。真不敢相信，原來你也有疼愛一個人的心情啊？」

「疼愛？但我只是模仿了閣下常在追求女性時會講的話而已喔！」

要跟他一起出席晚宴時，就會聽到這個男人接二連三地不斷講著令人難以置信的甜言蜜語。比起來自己實在委婉多了，並不是什麼會讓長官這麼驚訝的事情。

「怎麼，你是毫無自覺地在放閃啊？你光是學我挑選了那樣的詞藻，就足夠令我感到驚訝了。你還是趕快產生自覺，並好好珍惜你老婆吧！她在你面前想必是滿可愛的吧？」

安納爾德反覆思索著莫弗利的這番話。

原來如此，那些確實不是平常自己會說出口的話。

也就是說，自己認為妻子是個既可愛又高潔，而且有膽識又令人興致勃勃的對象。

根據莫弗利的說法，這好像就會連結到「喜歡」這樣的情感。

「但她還是不喜歡被人稱讚她的容貌吧？」

「嗯——問題就在這裡呢。既然如此，乾脆就那樣吧。先從身體征服她如何？」

「先從身體嗎？由於初夜好像算是失敗了，因此現在處於自制的狀況，總覺得好像

被她埋怨的樣子。」

「噗呼哈！……真、真的等我一下……不行了……我的腹肌已經壞死……救命啊，笑到抽筋好痛……你可得負起這個責任喔。」

「我無法理解，我並沒有說出任何逗趣的話吧？」

「好，我知道你是認真的，但拜託給我一點時間……咿哈哈！哈哈哈！」

莫弗利一邊拍著辦公桌笑翻了之後，這才用一雙泛淚的紅眼給出「你就順著自己的心情去抱你老婆看看吧」這樣的建議。

第三章　信賴與背叛

從斯瓦崗領地回來之後，緊接著就是慶功宴了。由於要參加慶功宴的只有拜蕾塔跟安納爾德，因此瓦納魯多就那樣直接留在領地。這次可不會讓他這麼快就回到帝都，同時也叮囑巴杜別讓公公逃回來，因此大可放心。

只不過離開了十天，帝都的天氣並沒有太大的變化，頂多只是強烈的夏日烈陽稍微緩和了一點而已。由於這裡跟斯瓦崗領地相比，氣溫本來就略高一些，甚至還讓人覺得熱。

即使是在夏季舉辦的典禮，軍服好像也不會變得多輕薄。

就算跟安納爾德確認這一點，他也是一副悠然自在的樣子。他不太怕熱。應該是有著特異體質吧？

為了搭配跟涼爽一點也沾不上邊的軍服，禮服用的也大多是厚重的布料。

雖說是晚宴用的禮服，替軍人舉辦的慶功宴跟一般晚宴的裝束可不一樣。畢竟主角是身穿軍服的男人們，同伴只是陪襯的而已。安納爾德雖然強調一定要一同出席，但其實一般來說對軍人妻子的要求並沒有那麼多。不過是照料丈夫，以及當丈夫上戰場的時候守護家裡。就這樣而已。晚宴終究只是丈夫們的世界，妻子只須低調地陪伴就行了。

拜蕾塔回想著自己的母親，一邊喝起早餐後的茶。其他家人都已經吃過早餐了。現在的時間已經超過十點，這也是理所當然。自己的人生中，究竟有睡到這麼晚過嗎？總覺得腦袋也昏沉沉的。

身體會感到如此倦怠，當然不是因為剛從領地回來的關係。

而是昨晚，丈夫安納爾德突然又要了自己的身體。待在領地的期間明明完全沒有碰自己，回到帝都的隔天就要了。他的行為邏輯判若兩人，但總覺得要逼問他「難道不是已經覺得膩了嗎」也很不甘心。

就算是要提升賭注獲勝的機率，這樣對待妻子也太過分了；而且沒有拒絕權，只要丈夫想要就必須配合才行。拜蕾塔打從心底為沒在字據補上這個項目感到懊悔不已。

然而那個萬惡根源卻一副若無其事的樣子，正在一旁優雅地喝著紅茶。

他都很早起，即使如此，卻還是會配合拜蕾塔吃早餐的時間在餐廳現身。也就是說，在同一個時段中，只有兩個人一起吃飯，而且還特地坐在自己隔壁的座位上。

真的無法理解既然餐桌如此寬敞，為什麼非得像這樣黏在一起吃飯才行？備餐的傭人投來的視線實在莫名刺痛，他們甚至莞爾地說：「沒想到兩位感情這麼要好呢！」自己可是將在半個月後贏下這場賭局，並跟丈夫離婚的人——沒辦法大聲地喊出這徹徹底底是一場誤解的感覺，真是煎熬。

「既然餐桌這麼空，你也不必特地坐在我旁邊吧？」

「若不是在平常坐習慣的位子，總覺得不太自在。妳別介意，慢慢享用吧。」

拜蕾塔打從心底討厭這個不以為然地回答的男人。

以前都是拜蕾塔坐在那個位子，現在自己坐的地方則是坐著米蕾娜才對——也就是說，那裡在拜蕾塔嫁過來之前，是他的位子啊。即使如此，總不能說出「當他不在家的時候那裡是自己的位子」這種孩子氣的話；更重要的是，令人在意的本來就不是位子，而是他的態度。

「你一直這樣盯著，感覺都要被看出一個洞來了。」

朝他瞪了一下，安納爾德便緩緩眨了眨眼。

從他愣住的表情看來，好像是沒發現自己做出的舉動。無論是待在領地那時、在馬車裡，還是吃飯的時候。到底是怎麼回事？實在很想逼問他，這難道是一種新的挑釁

嗎？直到今天早上才總算按捺不住，並問了出口。

「這還真是抱歉，我只是在想，原來自己的妻子是長這副模樣。」

「就算你沒有每天都這樣確認，我也不會跟別人替換身分好嗎？而且，你現在才這麼說也太遲了。甚至沒有碰上面就前往戰場，我看你本來就對妻子的長相不感興趣吧？」

「沒有這回事，決定這樁婚事時，我有收到妳的肖像畫。比起那個時候，妳看起來變得柔和了許多。」

在追問他這是什麼意思之前，下意識問出口的卻是另一句話：

「你看過我的肖像畫？」

「當然。理當會對自己的妻子抱持興趣吧？話說回來，妳覺得我有改變嗎？」

沒想到被反問了這麼一句，拜蕾塔頓時語塞。決定這樁婚事時確實是有收到他的肖像畫，但當時連看都沒看就直接丟進暖爐了。即使沒有實際見面，他似乎姑且有看過自己的肖像畫。拜蕾塔暗自哀嘆著「我的天啊」。

「呃……因為發生了一些事情，打開來看之前就在暖爐裡燒掉了。」

說不出是一氣之下就把他的肖像畫給燒了，但即使像這樣打了馬虎眼，還是讓安納爾德不禁愣在原地。聽到別人說把自己的肖像畫給燒掉，無論是誰都會感到不快吧？

默默思考了一下是不是該向他道歉，但拜蕾塔仔細想想，這終究是過去的事情。

「呼哈！」

就在這麼沉思時聽見一道打破沉默的聲音，拜蕾塔不禁注視著坐在身旁的丈夫。

他用拳頭遮著嘴邊，肩膀還抖了起來。打破了面無表情的常態，甚至笑彎到都快看不見那雙祖母綠眼了。

笑、笑出來也太犯規了！

這次輪到拜蕾塔僵在原地。

「抱歉，我真的沒想到竟會在看之前就拿去燒掉。說真的，由於那是長官自作主張送過去的，因此也不知道肖像畫中的我是怎樣的身影。所以妳沒看到，反而讓我放心了。請妳多看看現在的我吧。」

「你、你才是判若兩人吧？」

「這樣啊。雖然不知道妳是了解我什麼地方，但得知妻子對自己感興趣，也讓我覺得很高興。」

不知為何，心情很好的安納爾德完全沒有撇開視線，並露出沉著的微笑。

這個懂得哄騙女人的傢伙！感覺好像莫名受到他的誘惑一樣！

拜蕾塔立刻轉移了話題，這讓她產生了一股錯覺，好像再繼續說下去，就會被引誘進危險的泥沼之中。

「我看你好像每天都很悠哉的樣子，是不用工作嗎？」

「我沒說過嗎？從戰場回來之後，我得到了一個月的假期，所以還可以休息好一陣子。謝謝妳替我擔心。妳今天有什麼計畫嗎？」

「我要稍微出門一趟。」

「要去哪裡呢？」

「不過是去街上而已……」

「我可以跟妳一起去嗎？」

「什、什麼？」

一起去是什麼意思？在領地時，無時無刻都是一起行動。難得回到帝都了，才想好好放鬆一下，真想拜託他不要再糾纏著自己。

拜蕾塔拚命地絞盡腦汁，但真要說起來卻都只是在空轉。

「那個，我是想去買個東西。對男士來說，應該沒有什麼比陪女人去買東西還更無聊的事情了吧？勸你還是別這麼做比較好喔。」

「這還是我第一次陪同女性去買東西，有些地方應該會做不太好就是了。不過既然可以了解到妻子想要的東西，應該會是一段很有意義的時間。請務必讓我同行。」

嘴上雖然態度溫和、以請託的語氣這麼說，卻不容分說地堅持要這麼做，可見他還滿固執的。滔滔不絕的一張嘴，徹底破壞了寡言的形象。應該說，這下子神經可得繃緊一點，不然只會落得跟在領地那時一樣。被他要得團團轉。

他的個性或許就跟公公一樣，一旦下定決心就不會改變意見了。「沉著的暴君」這種形容乍看之下相互矛盾，但套用在丈夫身上似乎就足以成立。

從婆婆口中得知的那個對任何事情都漠不關心、冷酷的男人，到底是跑到哪裡去了？眼前這個人真的是自己的丈夫嗎？不過，就算真的是別人假冒，很可惜的是拜蕾塔也無法察覺。

最後還是因為想不到什麼好的拒絕藉口，變成兩個人要一同出門。

吃完早餐，並換了衣服之後，已是午餐時間。

兩人約在玄關的大廳碰面，因此當拜蕾塔走下樓梯時，安納爾德已經無所事事地站在那邊。他身上穿著淺灰色的西裝外套及水藍色襯衫，搭配黑色休閒褲這樣簡單的打

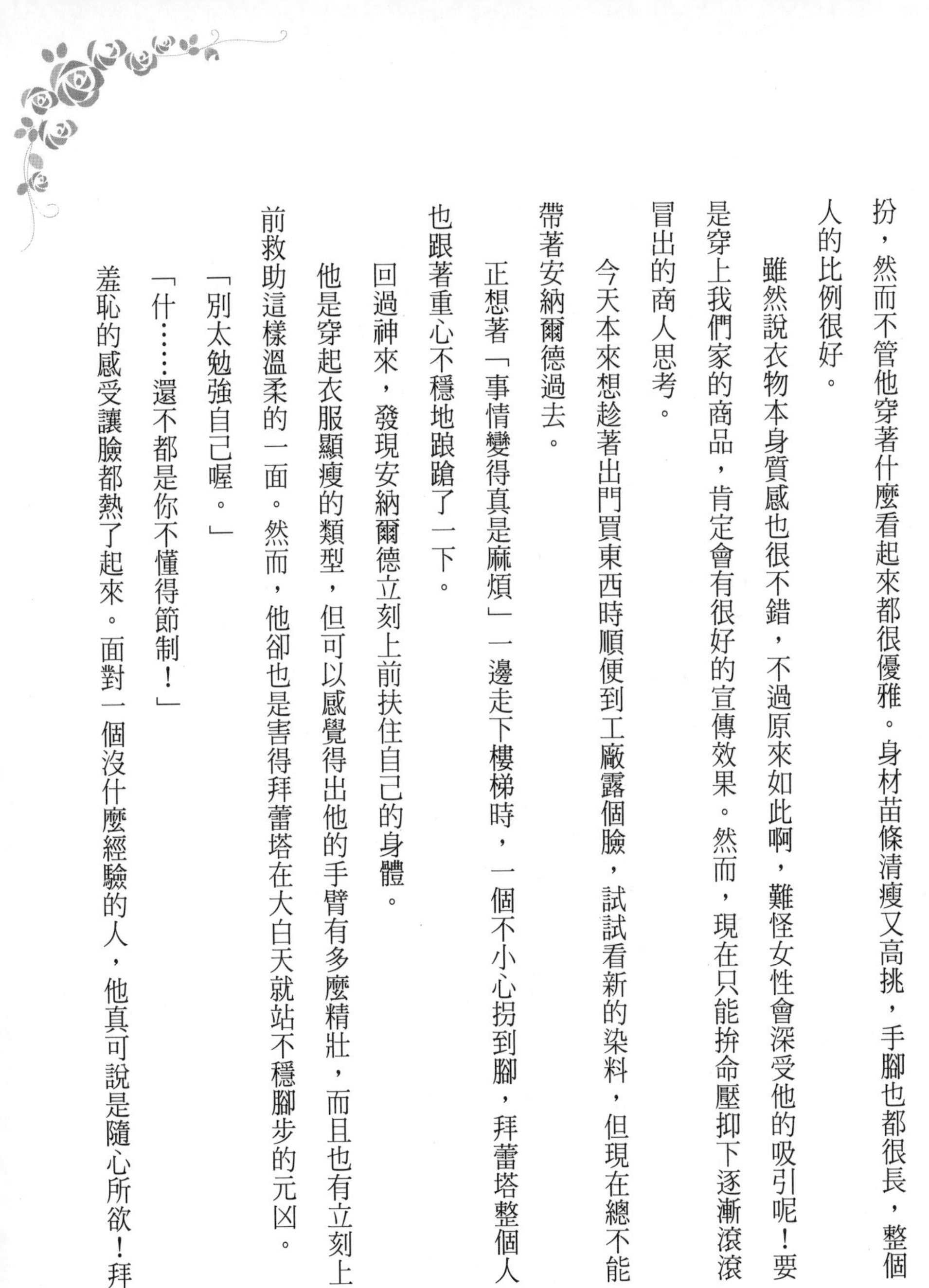

扮，然而不管他穿著什麼看起來都很優雅。身材苗條清瘦又高挑，手腳也都很長，整個人的比例很好。

雖然說衣物本身質感也很不錯，不過原來如此啊，難怪女性會深受他的吸引呢！要是穿上我們家的商品，肯定會有很好的宣傳效果。然而，現在只能拚命壓抑下逐漸滾滾冒出的商人思考。

今天本來想趁著出門買東西時順便到工廠露個臉，試試看新的染料，但現在總不能帶著安納爾德過去。

正想著「事情變得真是麻煩」一邊走下樓梯時，一個不小心拐到腳，拜蕾塔整個人也跟著重心不穩地踉蹌了一下。

回過神來，發現安納爾德立刻上前扶住自己的身體。

他是穿起衣服顯瘦的類型，但可以感覺得出他的手臂有多麼精壯，而且也有立刻上前救助這樣溫柔的一面。然而，他卻也是害得拜蕾塔在大白天就站不穩腳步的元凶。

「別太勉強自己喔。」

「什……還不都是你不懂得節制！」

羞恥的感受讓臉都熱了起來。面對一個沒什麼經驗的人，他真可說是隨心所欲！拜蕾塔簡直像失去意識般睡著之後，不知道還發生了什麼事情，但似乎是被一路玩弄到接近黎明為止。雖然不曉得一般來說夫妻之間會做到什麼程度，既然身體都做出反抗，肯定就是太過頭了吧！

「應該要怪妳太有魅力了吧？」

「在把問題推給別人之前，你應該要先斥責一下自己的理智吧……」

「我在這方面本來沒有特別強烈的欲望，所以也覺得想不透。換句話說，應該就是妳太會誘惑人了吧？實在很難節制下來，真是傷腦筋呢！」

「到底是哪裡有誘惑你的要素了啊？」

拜蕾塔不禁對他投以無法理解的眼神，安納爾德感覺就像傷腦筋地露出微笑。

難得見到有人說出口的話跟表現出來的態度可以相差這麼多。內心湧上一股很想把恬不知恥、大放厥詞的丈夫的鼻子給打斷的衝動，但拜蕾塔還是強忍了下來。

「看妳這樣毫無自覺的反應，未來真是堪憂。但應該只要多做個幾次就比較能平復下來，請妳再配合一陣子，而且這也是賭注的一環。」

已經夠多次了吧？讓丈夫得以滿足的次數，到底是幾次啊？

疑問一個接著一個冒出來，但也說不出「隨你高興」的拜蕾塔，不禁把話吞了回

去。

這意思是要在賭注的這一個月內每天盡情上床，膩了之後就棄若敝屣了嗎？拜蕾塔再次認定他果真是個爛透的男人。

儘管想輕輕推開安納爾德的手臂，他卻一動也不動，不如說環抱住腰間的手臂還稍微增加了一點力道。

「那個，可以請你放手嗎？」

「喔，不好意思，一個不注意就看妳看得入迷了。這件洋裝很漂亮，淺紫色也跟妳很相襯……但看妳這麼毫無防備的樣子，真虧至今都能平安無事。」

平安無事是什麼意思？記憶中也只有丈夫像這樣粗魯地對待自己。

這時，過去的苦澀記憶掠過腦海，但還是覺得不比他的行徑過分。

「真想朝你的頭上潑下一大盆冷水，讓你清醒一點！」

「哈哈，那感覺也滿有趣的，不過現在馬車已經在門外等了，雖然有點可惜，我們還是先走吧。」

哪裡可惜了？

小心我真的拿水從你的頭潑下去。

一邊深思著這種可怕的事情，拜蕾塔不禁痛切地期望著一如事前得到的情報中，那個不帶感情又冷血的丈夫能夠歸來。

從領地回來之後，他整個人感覺就不太對勁。不只是夜晚的行為，更重要的是他看向自己的視線似乎充滿寵溺，雖然至今從未有過這種感覺，但那會讓人陷入他對自己抱持好感的錯覺中；然而自己終究只是個戀愛初學者，儘管應該是有所誤會，依然會覺得很不自在。

甩開在內心漸漸萌芽的情感並走出玄關，只見一如丈夫所說，馬車已經在那裡等待了。在往帝都高級商店林立的區域前進的馬車裡，安納爾德語氣快活地問：

「妳今天打算去哪裡呢？」

「這個嘛……」

慶功宴上要穿的禮服在前往斯瓦崗領地之前就已經訂好了，因此本來是要去自己經營的店，但如此一來，感覺就會被知道事情原委的店員吐嘈，怎麼想都覺得無地自容。此外，也實在不太想帶著他踏入自己的生活圈之中，所以才先含糊其辭地回應，拚命絞盡腦汁思考。

可以的話，希望能藉著這次機會，讓他產生再也不想跟女人一起上街買東西的念

頭，但說到頭來，男人陪同女人逛街會覺得無聊到底是怎麼回事？完全無法想像。不管怎麼想，自己沒有戀愛經驗的人生中，也不可能會有能夠當作參考的知識。

一邊在心中左思右想著，拜蕾塔的目光看向馬車外頭的景色。

拜蕾塔回想起以前因為工作關係，跟公公一起走在帝都街上時，曾請他一起到自己經營的商店去，但他卻覺得待在陳列著滿滿服飾及寶石類的店裡如坐針氈，而感到相當不開心的事情。

儘管父子倆感情不好，終究還是有著血緣關係的他，肯定也不喜歡那種環境。他剛才說之前沒有過這樣的經驗，大概是因為這樣才會不知道那種感覺——實際上體驗過一次，一定就會感到厭煩不已。

畢竟自己在經營服飾業，總覺得有點難以踏入同行的店家，所以就去寶石商店吧！之前剛好訂購了寶石，剛好是也能在慶功宴上配戴的款式，一般來說很難對亂花錢的人抱持好感吧？從這種小地方一點一點惹他討厭的話，他答應離婚的機率也會跟著提高。

很好。就這麼下定決心的拜蕾塔揚起燦爛的微笑。

「請到琵雅蒙提寶石店。」

然而一踏進店裡就後悔了。

「拜蕾塔小姐，您來的真是時候！」

安納爾德一打開時髦的門扉，看到拜蕾塔身影的店長就搓著雙手跑了過來。他是這間寶石店第三代的經營者，雖然是個年紀跟舅舅差不多的男人，就沉穩這點來說，總是會讓人不禁懷疑他到底幾歲。

「哎、哎呀，店長這麼忙，不用特地招呼也沒關係的。」

「之前去採購的人昨天回來了。哎呀，真不愧是拜蕾塔小姐，照著您的意見前往東部一看，竟到處都是高品質的寶石！來，快來看看——」

「哇啊，你們進了好多我之前訂的寶石呢，真是令人感激！」

為了打斷店長的話，拜蕾塔大聲地這麼說。雖然很後悔踏入常來的這間店，但為時已晚了。她這才回想起曾陪這位店長商量過關於這間店經營上的事情。正是當時給出的各種意見，導致了現在這樣的狀況。

早知道就不要來經常光顧的店了，但已無力回天。

店長說的話全都聽進耳裡的安納爾德，疑惑地歪頭問道：

「妳給店長採購上的建議嗎？」

「怎麼可能，我才不會……」

「就是說呀！只要是拜蕾塔小姐說接下來會流行的東西，肯定就會掀起一陣風潮。這次聽她說要到東部採購時，我還不禁懷疑那種深山地區怎麼可能會有金銀之類的寶石呢——沒想到竟然是黃水晶，而且還是高品質的！然而當地卻因為缺乏加工技術，就將這些東西當成碎石扔在一旁。對了，下次請再陪我商量一下設計上的事吧！我們做出了好幾幅設計圖，希望您可以提供一些建議。」

「想請她提供建議？」

安納爾德這麼反問之後，拜蕾塔不禁在內心發出哀號。

「拜蕾塔小姐的寶石設計案都相當出色！既嶄新又纖細，設計大膽卻不失優美。看著看著就會不禁沉迷——啊，非常抱歉，請問您是哪位呢？真難得看拜蕾塔小姐偕同男性一起來店裡。」

「咦，有這麼一回事嗎？」

「您都一心一意地等待上戰場的丈夫歸來，豈不是理所當然……」

廢話太多了！

講得好像自己至今都是為了上戰場的丈夫而堅守貞操一樣，實在很想反駁完全不是這麼一回事，卻連插話的機會都沒有。身為寶石店的經營者竟然是這副德性，店面的經營狀況還真是令人擔心。既然是在做生意的，真希望可以識相地觀察客人的表情，並若無其事地做出適當的應對。

「初次見面，看來妻子平時多受你的照顧了。我是她的丈夫，名為安納爾德。」

「妻子……丈夫……丈夫？喔喔，您就是安納爾德先生！什麼嘛，原來不是因為工作上的事情前來，而是夫婦一起來買東西嗎？那可就不能打擾兩位了。但真是太好了，原來您平安從戰場歸來了啊。有著這番美貌的拜蕾塔小姐，無論面對誰的追求都是冷漠以待，一心只等著丈夫歸來，請您務必讓她過上幸福的生活！」

店長的滿臉笑容讓拜蕾塔頓時語塞。在這樣的氣氛下，根本來不及說出自己即將要離婚這種話。自己並不是堅守著貞操等待丈夫歸來，而是將人生奉獻給工作，才會對戀愛不感興趣罷了；應該說，照自己這樣的個性看來，比起談戀愛更適合賺錢就是了。

「好的，謝謝你，我會好好珍惜妻子的。」

安納爾德做出這樣的親切回應，讓拜蕾塔嚇了一跳。

你是那個以無比冷酷個性聞名遐邇的中校吧？如果知道那個什麼冷血男人現在身處何方，還真想立刻把他找出來。

自己怎麼會決定要來寶石店啊？

拜蕾塔苦惱到在內心都要抱頭蹲下來了。

留下一句「去外頭呼吸一下新鮮空氣」，拜蕾塔就獨自先走出寶石店，而且頓時氣力盡失。安納爾德說他還有想買的東西，於是留在店裡——看起來他似乎不會像公公那樣感到如坐針氈，何況他還跟店長聊開了。

這次的作戰宣告失敗，原因肯定出在自己還不夠了解他的個性。不如說這更是給自己帶來很大的打擊，精神上的疲憊感實在大到難以言喻。

正當拜蕾塔在店外吐出一道重重的嘆息時，路上傳來一道尖銳的哀號。

「請你們不要這樣！」

朝著發出聲音的方向一看，只見一個可愛的少女被兩個男人團團圍住。從男人們身上穿著軍服看來，身分肯定是軍人，渾身卻散發出頹喪的感覺。

就像剛見面那時的公公一樣。

自從締結停戰協定之後，已經過了超過一個月，在帝都裡也越來越常看到這種落魄的軍人。

「陪我們一下不會怎麼樣吧？」

「我不要，請你們放開我！」

「勸妳趁我們還像這樣好聲好氣的時候答應比較好喔！」

「兩位貴為帝國軍人，行徑還真是令人作嘔呢。」

「什麼？」

拜蕾塔忍不住出聲介入，回過頭來的那個男人頓時語塞。另一個人則揚起滿臉笑容，拍了拍對方肩膀。

「你去上那個，這個留給我！」

「這還真是個上等的女人啊，妳要代替她來陪我是嗎？」

「那倒是不必了，我在等人。」

拜蕾塔希望少女可以趁著自己吸引男人注意力時趕快逃開，但她只是一臉蒼白、渾身顫抖地呆呆站著。何況另一個男人還是盯著少女，看起來沒有要放她逃走的意思。

這下子要怎麼將她帶離他們身邊才好呢？

「在等人？竟然讓女人獨自在這種地方乾等，想必不是什麼好男人。我看妳別管他了，跟我們一起玩吧！」

這或許真的是欠缺考量的行徑，不過這次是拜蕾塔受不了那種氣氛才擅自走到店外來，並不全然是安納爾德的錯。

而且他們搭乘過來的馬車也停在隔了一點距離的地方，可能因此讓拜蕾塔看起來像是寂寞地被獨自丟在路邊一樣。即使如此，還是聽得出他們並非出自親切的好心才這麼說。

「兩位不是正在工作嗎？」

他們身上穿著軍服，所以拜蕾塔才會這麼問，然而他們只是揚起不懷好意的笑容而已。

「我們都打贏那場戰爭了，給點獎勵也不為過吧？」

「沒錯，我們可是為了帝國臣民工作了那麼多年啊！」

所以才會舉辦勝戰紀念典禮，並大舉慰勞軍人啊。聽說還會舉辦遊行。

說穿了，就算希望有人可以慰勞一下，不是自己跟那位少女也沒差吧？更何況還是用強逼對方的方式。而且還跑來這種高級商店林立的區域搭訕，沒常識也該有個限度吧？

「兩位軍人還真是好打發呢！我覺得你們應該要再抱持一點自豪與驕矜才是。」

「妳說什麼？」

「就算妳是女人，我也不會手下留情！」

面對動怒的兩人，拜蕾塔一邊思索著下一步該怎麼做。對方的腰間都掛著長劍，要是讓他們拿出武器就有點棘手了；就算想應戰，手無寸鐵的自己也無能為力。

說起來，應該可以當作武器的東西，也只有手中一個小小的提包而已。

正當拜蕾塔若無其事地環視四周，觀察看看有沒有其他可以當作武器的東西時，身後傳來一道稱得上沉著的聲音。

「讓妳久等了，拜蕾塔。啊呀，這是怎麼了嗎？」

「沒事。看我一個人站在店門口，這兩位軍人便前來詢問是不是遇到什麼困難而已。」

回頭一看，安納爾德就自然而然地站在眼前，真不知道他是什麼時候從寶石店出來的。他看起來對那兩個男人一點興趣也沒有的樣子，直直看過來的視線當中，說不定甚至連少女都沒有注意到。不過對他自然伸過來攬過腰部的手，拜蕾塔不禁在內心挑起了眉。

「這樣啊，謝謝兩位這樣親切關心我的妻子。那麼，我們走吧。」

「喂，站住。」

「隨隨便便侮辱人之後就想逃走啊！」

多虧剛才還用那種說法留了台階，看來對方是想討打的樣子。是可以理解不想被嗆了一頓就這麼善罷甘休的心情，但他們難道都沒發現找錯對手了嗎？

儘管身穿便服，他依然是校級軍官，怎麼想都不是這兩個感覺階級就很低的男人能相提並論的對象。還是丈夫看起來就像個溫和的男人呢？若是如此，也太沒有看人的眼光了。

朝著安納爾德瞥了一眼，只見他露出親切的微笑。

拜蕾塔的本能告訴自己，這是招惹不得的狀況。

脖子傳來陣陣發麻的感覺，可以的話真想立刻逃得遠遠的；然而，卻被像是要阻止自己逃亡而攬在腰上的手給阻擋著。

他在初夜也是像這樣湧現怒火，把自己弄得狼狽不堪，當時的記憶至今還歷歷在目。都看到這副表情了，那兩個人為什麼還會以為自己占上風啊？身為妻子的自己都想第一個逃跑了。

「還有什麼事嗎？」

「我們被你的女人侮辱了，她肯定沒有絲毫想慰勞軍人的心意。最好給我表現出誠意道歉一番。」

「對啊，拿出誠意來啦！」

「是沒錯，她對於慰勞軍人的心意似乎略微淡薄……是說你們所屬的部隊及軍階為何呢？」

「什麼？」

「竟然給一般市民添麻煩，看樣子需要重新好好教育一番——迅速報上你們的所屬的部隊及軍階。」

從那目光銳利地警告的身影，完全可以看出他是個慣於位處上級下達命令的人。

「什……你難道是軍人……？」

「喂，不太妙，我們趕快走吧！」

兩個男人臉色大變，轉眼間就逃得遠遠的。拜蕾塔在內心慶幸他們察覺到了雙方階級的差異。

拜蕾塔這時重新看向茫然又陶醉地望著丈夫的少女。

「已經沒事了，為了避免再被人纏上，下次找親友一起上街比較好。」

「謝、謝謝妳！」

回過神來就一股勁地低頭道謝的少女，接著走進了人群之中。

「米蕾娜她們會這麼喜歡妳，應該就是因為這樣？」

丈夫無意間提起小姑的名字，因此拜蕾塔也挑起了眉。

「為什麼突然說這個？」

「我也聽杜諾班說了，自從妳嫁過來之後，好像有過很多英雄事蹟，幫助繼母、關心孤單又可憐的妹妹，也拯救了那些害怕父親暴力的傭人之類的。他讚揚地說『不僅夫人及大小姐，傭人們也都很仰慕少夫人，大家看起來就像崇拜舞台女演員的觀眾一樣』。之前在領地那時也是，妳真的是動不動就會誆騙人。」

「我才沒有誆騙人！」

管家他們到底都跟他說了什麼啊？

一臉通紅地否定之後，安納爾德好像覺得很有趣似地輕笑起來。

「我剛才也親眼目睹了這樣的一幕。原來如此，像那樣受人救助，確實是會讓人對妳著迷。」

「實際上救了她的人是你，她看你都看到著迷了喔！」

「咦，她是在看妳吧？」

他打從心底感到費解地這麼問，拜蕾塔不禁懷疑他是不是天生這麼傻。

對方明顯就是泛紅著臉、流露出熱情的視線。不過，照他的個性看來，應該只是對他人不感興趣而已。

「話說回來，不好意思讓妳久等了，有受傷嗎？」

「我沒事，只是被他們糾纏了一下，而且你馬上就趕過來了。」

「幸好有趕上。我之前才聽說部分從戰場歸來的士兵好像不太對勁；但那如果只是他們的個人行為就好了。」

「這樣說來，你不是也會遇到危險嗎？」

確實，最近帝都日報上也刊載著歸來士兵跟一般市民間引發糾紛的新聞；在一片勝戰氣氛底下，似乎堆積著某種看不見的不滿情緒。

想到這件事就順口問了安納爾德，他卻愣愣地眨眼好幾次。

「怎、怎麼了嗎……？」

「看到妻子替自己擔心感覺真是不錯，我本來以為妳應該是很恨我。」

「是不至於……恨你……」

若是只能用喜歡跟討厭來區分，應該是並不討厭，也沒有產生什麼憎恨的情感。

雖然他這八年來都對自己棄之不顧，回來當晚就無視人權、逕自提出賭注，更硬是發生了關係。但無論如何，還是沒有產生討厭或憎恨那種負面情感。

但說到頭來，拜蕾塔也從來沒有憎恨或討厭過一個人就是了。

「那麼，我們接下來要去哪裡？」

聽他笑咪咪地這麼問，拜蕾塔整個人都僵在原地。

接下來是什麼意思？

不，真的沒關係，已經很夠了，我逛不下去了。

即使在內心這樣大吼大叫，拜蕾塔還是只能揚起有氣無力的笑容。

回到斯瓦崗伯爵宅邸時，拜蕾塔已累到覺得頭暈目眩。結果離開寶石店之後，兩人在商店街到處逛逛，稍微吃了點遲來的午餐，他才心滿意足似地答應回家。沒想到，竟然要經過明明只是陪著出門買東西的丈夫同意才能回家，真是莫名其妙。

好不容易才踏入伯爵家的玄關，太陽都已經漸漸西沉。

不同於臉色很糟的自己，安納爾德始終面帶和顏悅色的微笑。原以為他只是表面上看起來溫和而已，但在看到前來迎接的管家杜諾班的表情時，才發現好像也不全然是如此。

「少、少爺……請、請問是怎麼了嗎……」

「什麼意思？」

「因為少爺嘴角上揚的表情，就連在您小時候都沒見過……」

從他沒用「笑容」這個詞來形容，就更突顯出安納爾德平時面無表情的程度。難道現在是異常狀態嗎？可以的話，真希望是發生在與自己無關的狀況之下。

一直只能在內心吐嘈卻不能說出口的這個狀況，應該也是徒增疲憊感的原因之一吧？

「哎呀……你們一起出門啊……歡迎回來。」

來到玄關的婆婆芯希雅，一看到兩人就露出傷腦筋般的微笑。

婆婆投來深感同情的眼神。她不但知道拜蕾塔很想跟丈夫離婚並離開這個家，甚至很支持她。芯希雅是個很重人情禮節的人物，直到現在還很感謝拜蕾塔以前幫她擺脫公公的惡夢。之前也是她協助說服公公，讓拜蕾塔走出伯爵家到外頭做生意。然而她的這番奮戰，眼看也就要變得毫無意義了。

畢竟半個月後就會結束這一切、離開伯爵家，拜蕾塔也在內心向她致歉。

「我們回來了，母親大人。請問米蕾娜回來了嗎？」

「嗯，她在房間裡。」

「老公，我有事要找米蕾娜，就先過去了，謝謝你今天陪我去買東西。」

「有多少逛得開心嗎？」

「那是當然。」

所謂逛得開心，是指一直畏畏縮縮地擔心身旁的大魔王不知道何時會降臨嗎？還是指在露出奇異笑容的丈夫身旁瑟瑟發抖的心境呢？又或是，看著一點也不想要的東西打發時間、吃了索然無味且口感如沙的午餐呢？

無論哪件事情的程度都太高，拜蕾塔完全沒有樂在其中的從容。因此盡全力說著客套話並揚起微笑，絕對不會說出其實已疲憊不堪，已經到了連視線都跟著閃爍了起來的地步。

雖然搞不太懂，但總覺得這也像是女人的固執。

不過要是再這樣下去就真的受不了了，她堅決要求一段休息時間，希望可以讓心神放鬆一下。

在被留下來之前，拜蕾塔就拿著剛才街上買的伴手禮，連忙朝米蕾娜的房間走去。

跟安納爾德出門逛街的三天後，就是慶功宴了。最後，還是請店家將訂購的禮服送到家裡來，因此沒再遇上什麼問題。

無論到哪裡都會跟過來的安納爾德，只要有機可趁就會出手觸碰自己。如果只是親吻或者輕微摸一下，倒還不是會令人想斥責的行徑，但手要是伸到貼身衣物裡，那再怎麼樣都非得阻止他才行。

在領地那時明明就完全沒有要碰自己的意思，現在到底是哪根筋不對了？不知道這究竟是男人的本性還是怎麼回事，但對於配合他的人來說，真的覺得很受不了。

在前往慶功宴會場的馬車裡，也捏了一下安納爾德的手背。

一邊縮回手，丈夫滿不在乎地回答。他的語氣簡直就像自己在闡述正義一樣堂而皇之。

「但妳同意這一個月可以度過夫妻生活，並在字據上簽名了吧？」

「我是在字據上簽名了，但就連晚上你也一直糾纏不休啊！」

「我聽說新婚生活就是這樣。」

「結婚都超過八年了還說是新婚，簡直笑掉人大牙了吧！」

他講的是哪一家人的新婚生活啊？而且竟把我們這段婚姻稱作新婚，厚顏無恥也該

有個限度。

更何況光是夜晚就已經非常足夠了，他卻無論早上還是中午，也不顧地點，就一副想要交媾的樣子，真的很令人傷腦筋。

「至少在慶功宴開始之前，請你安分一點。」

「這個意思，是開始之後就可以了吧？」

慶功宴開始之後他到底是打算在哪裡亂來啊？如果是一般的晚宴，有些時候確實是會替賓客準備休息的房間；但既然是慶功宴，應該不會那樣公然準備好幾間房間吧？

說到頭來，拜蕾塔可壓根不想在會被別人看到的地方做那種無恥的事情。

這讓她不禁狠狠瞪了丈夫一眼。就算是野獸也不會發情到這種地步——那個謠傳中冷靜、冷酷，對其他人一點興趣也沒有的丈夫，是不是死透了呢？就算只有一小塊碎片也好，不知道有沒有殘留在哪個地方？

真想咒殺死那個沒有想太多就在字據上簽名的自己。

在前往會場的路途中，拜蕾塔一直在思索有沒有可以管好丈夫的方法。

這讓她在慶功宴開始之前就疲憊不堪了。

在輝煌的王城裡舉辦的慶功宴會場中，拜蕾塔重重嘆出一大口氣。

前來參加的所有人都打扮得光鮮亮麗，在慶功宴這番歡慶氣氛的加持下，整場都是既開朗又快樂的氛圍。就只有拜蕾塔沉著一張臉，看起來想必格格不入吧？然而造成她這番心境的主因——丈夫，卻若無其事地站在她身旁。

不過，拜蕾塔也不能一直這樣沉著一張臉。這次穿的禮服是自己經營的商店新商品，以第一次亮相來說，這裡可是最理想的場合，因此她必須重振起精神面對這場晚宴。

典禮軍服是深綠色，上頭還有用金、銀細線繡出的圖紋。除此之外，還會別上勳章、徽章還有階級章，因此顯得格外華麗。至於自己就得在完全不比這身軍服遜色，穿起來甚至還很相襯的丈夫身旁抬頭挺胸。

拜蕾塔穿的禮服是可以襯托這身典禮軍服的色調，設計也相當講究，每一處細節都是在設計師及裁縫師精湛的手藝下完成，也是店裡本季最推薦的商品。可以的話，希望可以在這個場合帶起話題，也想留給在場的女士們「無論是何種場合都能提供最合適的設計」之印象。

然而，看著站在身旁的丈夫，拜蕾塔不禁擔心自己這身打扮或許會有些不起眼。

只能安納爾德說真不愧為中校，一進到會場之後，堂而皇之的氣魄以及沉著的態度可說是壓倒群雄。說來也很可恨，但放眼整個會場，他俊美的容貌也是鶴立雞群。其他人無論怎麼打扮，都無法與他相抗衡。

不知為何這也給身為女性的自己一股挫敗感，實在讓人無法接受，但他這身打扮真的是帥氣到讓人想坦率地認輸；真沒想到典禮軍服會這麼適合他。軍服本身就是設計得能夠襯托出一定程度的帥氣感，但這已經超越俊美的程度了。

看來今天可能談不到什麼生意，這讓拜蕾塔暗自大嘆一口氣。

即使如此，聚集在丈夫身上的視線真的相當驚人，到處都有人投來充滿熱情的目光，而且不分男女。至於他本人倒是一如往常，完全不為所動；不過這副模樣，也更彰顯出他的存在感。

只要一出席社交場合，就會一味地挑起負面傳聞的拜蕾塔，也吸引了不少帶著惡意的目光。即使如此，還是不比丈夫這個眾人焦點，更何況引人注目的原因本來就不一樣。

拜蕾塔無意間朝著談笑風生的一群人看去，身處眾人團團圍繞的中央，是一位身上配戴著許多勳章，年約五、六十歲的男子，身旁也有一些上了年紀的軍人侃侃而談。安納爾德察覺拜蕾塔的視線，開口說：

「那一位是梵吉亞．葛茲貝爾上將閣下，應該說是前任上將閣下吧？似乎已經退役的樣子。」

「他就是那位上將？」

拜蕾塔也從父親口中聽過這個名字，是一位經歷多場戰爭、堪稱英雄的軍人。

然而，從他被一群人團團圍繞、談笑風生的身影看來，實在難以想像是一位屢次指揮嚴苛作戰的人物。傳聞之中，只要是他走經的道路，就連血都會燒到焦黑，甚至能將一個國家變為焦土。

「還真是一位……矮小精悍的人物呢！」

「外表看起來是這樣沒錯，但他是一位個性敦厚，品格高尚之人。大家第一次看到他都會嚇一跳，不過他也是德雷斯蘭閣下的直屬長官。」

「這……還真是……」

光是能夠讓惡魔莫弗利臣服於他，若不是有著聖人般高尚的人格，就是個性格有缺陷的人物。看著伸手摸過一頭白髮的梵吉亞，拜蕾塔不禁同情地想著他應該很操勞吧？

「以前我有受到閣下的幫助，他也能說是我的恩人。」

「這樣啊。」

安納爾德是莫弗利的部下，肯定是當他被長官害得吃盡苦頭時提供了協助吧？看著丈夫一本正經地感謝恩人的模樣，拜蕾塔不禁感受到一股戰慄。因為她知道安納爾德雖然給人對於恩情這種東西嗤之以鼻的印象，實際上卻是個重情義的人。

「看妳的表情，好像在想些什麼失禮的事情。」

「怎麼會呢，老公。我只是在想那一位肯定是個了不起的人物，並深感欽佩。」

直覺很準的地方就跟公公一模一樣。拜蕾塔想著真不愧是父子，並暗自嘆息。

「總之，先喝點東西吧。妳應該可以喝酒吧？」

「可以，但請別給我太烈的。」

「我知道了。」

他從附近的服務生手中接過兩杯飲品，並將其中一杯遞給拜蕾塔。那是一杯有點透澈的果實酒，不會太甜也不會太嗆，是款喝起來十分順口的氣泡酒。竟然一下子就做出這麼精準的選擇，真佩服他照料女伴的能力。

真不知道是要累積與多少位女性的經驗，才能如此洗練。

「謝謝。」

他自己則選了紅酒，那深紅醇郁的酒體，感覺就足以魅惑人心。總覺得他拿著酒杯就口並嚥下紅酒的身影，散發出性感的氛圍。這裡是為了軍人舉辦的慶功宴，理應是相當明亮開朗的場合，四處也都能聽見大家談笑的話聲，自己卻不斷回想起他在夜裡妖豔的身影，真的是無藥可救了。拜蕾塔傻眼地想著，看來有個俊美的丈夫也不太好。

之所以會陷入這樣的思緒，也是因為周遭投來的視線已漸漸變成像平常晚宴一樣的帶刺目光。雖然謠言終究只是謠言，但拜蕾塔也知道那會絆倒自己。

回想起自己苦澀的過去，拜蕾塔一邊思索著周遭的視線似乎可以分成幾個種類，如果只是輕蔑或嫉妒還不算什麼，但總覺得其中也混有下流的眼神。

正當喝了一口氣泡酒並這麼沉思時，安納爾德就突然探過頭來看自己的臉。

「妳喜歡嗎？」

「咦？」

「我聽說女性通常喜歡稍微甜一點的酒，但妳應該不太喜歡太甜的東西，所以就挑選了這一款，難道不太合妳的口味？」

「不，這很好喝。」

「那就好。」

安納爾德無意間揚起淺淺微笑。

是和平常一樣寵溺的笑容，但因此讓周遭投向拜蕾塔的視線頓時改變。所有人紛紛倒抽了一口氣，感覺就像看到什麼難以置信的光景似的。

就連直到剛才那些飽含輕蔑跟懷疑的目光，也掀起了一陣驚愕的漣漪。

看來即使不是冷酷又面無表情的中校，還是有用的嘛！對這副一直以來都覺得困擾至極的笑容，拜蕾塔第一次產生感謝的心情。

「真是驚人……原來你也會露出這樣的表情啊。」

這個時候，一道漫不經心的話，悠悠哉哉地破壞了周遭僵住的氣氛。

安納爾德向這位迎面走來的栗髮男子行了一禮，簡直不把站在對方身旁那位容貌華美的女性放在眼裡。基本上，晚宴同行的伴侶只是一種裝飾，如果來者身旁帶著妻子也只會稍微致敬，若是高級娼婦就不會特別打招呼。即使如此，面對眼前驚為天人的美女也沒看一眼的丈夫，恐怕是絲毫不在乎他人的美醜吧？

「我本來還想像上次那樣繼續逗你的，真可惜。」

「上將閣下，今日恭喜您榮任升遷。」

莫弗利．德雷斯蘭中將在白天的典禮上提升了階級，已晉升為上將。然而莫弗利皺起那副柔和的表情，打從心底感到厭煩地開口說：

「啊～嗯。你是知道我討厭這種事情才故意這麼說的吧？個性真的很差勁，真是的。好好感謝我這個寬容大量的長官吧，沒問題，我就陪你轉移話題。其實原本也想讓你跟著晉升，無奈卻沒有空出來的位階。不過，這次就用勳章跟慰勞獎金忍一忍，我會再找機會讓你晉升二、三個階級的。」

「那是當我殉職的時候吧？」

「怎麼可能啊，你也捨不得留下這麼有趣的夫人殉職吧？」

說人有趣是怎樣，至少也要稱讚是個美人吧？那樣自己就能像平常一樣頂上兩句話了。雖然就算被他稱讚，拜蕾塔也一點都不覺得開心就是了。

不過安納爾德看起來跟莫弗利關係還不錯的樣子。向拜蕾塔提婚事時，父親也有說過是他「疼愛的部下」，不過實際上看到他們站在一起的樣子，還真的有夠自然。雖然乍看之下是散發出不讓人隨便靠近那種氣場的丈夫，以及他那個臉上就像戴著溫和面具的長官，大概是因為兩人的個性其實滿相近的。

「我都幫你找到這位符合那種令人深感興趣條件的對象了，你應該沒什麼好抱怨的吧？」

「是的，我非常感謝長官。」

安納爾德一臉得意洋洋的樣子，對自信滿滿地笑著的莫弗利點了點頭。

看來那個簡直像要找人踢館似的相親條件，竟然真的是丈夫提出的——而且好像還只是因為單純覺得很有趣，這讓竟然真的吻合條件的拜蕾塔心情相當複雜。

拜託不要隨便覺得人家有趣。

「我本來還很擔心，但你們看起來感情滿好的，我說的沒錯吧？」

「真沒想到閣下會這麼擔心。」

「畢竟我是你們的媒人，而且你還那麼認真地問了那種問題，當然會關心吧？」

雖然不知道丈夫是問了什麼問題，但拜蕾塔對於他會因為自己是媒人而擔心這點，感到相當懷疑。拜蕾塔雙眼無神地想著，這個人到底是在虛情假意地說些什麼……不過丈夫此時的想法好像也一樣。夫妻倆不約而同抱持著同樣的心情，但這讓人一點都開心不起來。

一般來說，當媒人聽見部下提出那種像要踢館一樣的結婚條件時，並不會說有符合的女生並提及拜蕾塔，而是應該勸他撤回這樣的條件。

拜蕾塔至今還是對這件事懷恨在心。

「拜蕾塔，妳的父親也在那邊，久違地去見見他吧？因為聽見你們的傳聞，讓他臉色看起來不太好呢！」

傳聞指的是什麼事啊？

既然主導這樁婚事的本人恬不知恥地沒有裝出嚴肅的表情，甚至一副快活的樣子這麼說，肯定不是什麼好事。

是有聽說父親從戰場回來了，但平常不但沒有什麼特別的事情，更忙於工作，因此至今都還沒回過娘家。仔細想想自己還真是個無情的女兒，不只是丈夫，就連父親也是睽違八年。

「感謝閣下的關心。」

「拜蕾塔啊，這麼久沒看到妳，真的是越來越不可愛了。不再那樣年輕之後，竟更增老練的感覺。想必很感謝我在妳最有市場需求的時期，盡早找到了一個結婚對象吧？」

天啊，可以直接揍他一拳嗎？

從父親口中聽說過很多關於他的事蹟，果不其然是個令人火大的男人。

而且這次他的地位竟然又更提高了，是連軍方都沒能好好控制他嗎？甚至讓人不禁懷疑軍方是不是早就成為他的囊中物。上將這個階級，可說是幾乎站上軍方的頂點了，

讓這種惡魔掌握實權，想也知道他總有一天會失控。

「下次再讓我去你們家玩吧，到時候就請多指教囉！」

「期待您的蒞臨，德雷斯蘭上將閣下。」

「你們夫妻倆真的一點都不可愛耶……」

雖然不太高興，但還是當作稱讚收下了。

和莫弗利道別後，就看到父親在牆邊與人談笑，等他與人聊到一個段落之後，便上前攀談。

「父親大人，好久不見了。」

「喔喔……是拜蕾塔啊。」

朝自己看過來的父親，似乎比記憶中還要年老許多。

眼尾的皺紋與交雜的白髮，都在在讓人感受到他上年紀了，足以令人感受到八年這段歲月的流逝。不過他那副身影還是個堂堂的軍人，儘管多少清瘦了一些，穩穩的站姿跟以前相比一點也沒有變。

這段時間有與母親見過幾次面，因此即便她此時不在父親身邊，拜蕾塔也不覺得介意。

善於社交的母親，平時就會以軍人之妻的身分將大家聚在一起。戰爭期間，也會傾聽父親部下的妻子們抱怨或是加以照拂，並顧慮到許多小細節。

現在應該也正在會場的某個地方與人交談吧？

「這次恭喜您榮升，准將閣下。」

「喔，謝謝。你有獲頒勳章對吧？我聽說，將補給戰線各點擊破的作戰是你提議的。」

「那只是剛好仰賴優秀的部下才得以成功，我也有耳聞准將閣下攻陷那座橋的戰績。」

沒想到父親會親切地與安納爾德交談起來。

剛嫁到伯爵家那時，他明明還說了「隨時都可以回家」這種話。而且莫弗利也提過他好像在擔心什麼傳聞的樣子。

然而他們交談的氣氛實在太沉穩，就連身為女兒的自己都感到有些不自在。

兩人聊到一個段落之後，父親再次看向拜蕾塔。

「拜蕾塔啊，妳真的越看越像妳母親，變得很有女人味喔。」

「我們可是母女，當然像了。」

拜蕾塔也覺得自己的容貌就跟被讚譽為女神的母親十分相像，因此只能點頭認同。

「看來妳這個性也都沒有改進……可別給丈夫添太多麻煩喔。」

明明是他給自己添麻煩，看樣子父親完全站在安納爾德那邊了。再說了，這麼久沒見到女兒，多加讚揚一下也好吧？才剛稱讚自己變得有女人味，轉眼間又打擊女兒的評價是想怎樣？

「那個，我想你應該有聽到傳聞……好像連一些留在此處的軍方人士間也傳開了，在這個會場也能聽見一些聲音。雖然那已經不是我能保護的事情，還是希望你可以小心一點。」

「我知道那些並非事實，讓那種謠言傳開，真的很抱歉。」

又是傳聞。

是不是在軍人之間，流傳著某些以假亂真的傳聞呢？

拜蕾塔不知道這是不是自己可以聆聽的事情，苦惱著注視著兩人。

「你們真是要好，我還以為兩位可能是第一次見面哩！你們是什麼時候見過面的呢？」

「呃，喔……白天不是有一場典禮嗎？那時他就來找我打招呼了。」

「由於之前都沒有打過招呼，想說這是一次好機會。」

慶功宴晚上才開始，但白天有一場紀念典禮，並在典禮上舉辦頒發獎賞等儀式。他們似乎是在那場典禮上碰了面。

「這樣啊，見到我這麼出色的丈夫，父親大人想必也感到放心了吧？」

語帶滿滿挖苦地瞥了父親一眼，他便換上嚴厲的表情望向安納爾德：

「我女兒這樣令人有點可恨的個性真是抱歉，還請你多多照顧她了。」

「我知道，請您放心。」

他沒有要否定有點令人可恨這點的樣子。

父親啊，說女兒有點令人可恨是怎麼回事？

老公啊，這時應該要否認才對吧？

在兩人之間的拜蕾塔不禁感到有些茫然若失。

所謂慶功宴，好像就是一場齊聚所有軍方人士喝酒胡鬧的宴會。到處都能聽見夥伴們聚在一起、互相讚揚勝戰的表現，並慶祝彼此活著回來。

許多人都已經玩開，在頓時變成歡慶氣氛的會場上，安納爾德既沒有跟部下們搭話，也只有和幾位碰面的長官偶爾交談幾句而已。至於前去慰勞部下的父親已經喝到醉了，儘管隔了一段距離，也能知道他們那邊的氣氛熱絡不已。

「你不去其他人那邊同歡嗎？」

「就算去了，我也只會破壞氣氛而已。」

安納爾德並沒有特別在乎的樣子，不知道已經喝乾了第幾杯酒。

聽他語氣平淡地這麼說，讓人甚至不敢做出同意的回應。

打了八年的戰爭，竟然都沒跟部下建立起良好的關係嗎？

不禁擔心起這個人是不是真的沒問題。

「拜蕾塔．霍洛特？」

在這之前，都是聽到別人叫住安納爾德的名字，沒想到會在這個場合聽見自己的名字，而且竟然還是用舊姓稱呼自己——拜蕾塔不禁提起戒心。在與軍方相關的人物當中，並沒有認識哪一位會叫自己全名的人，通常都是稱呼「霍洛特上校的女兒」之類。

也就是說，來者不善吧？

朝著出聲叫住自己的方向看去，只見有個身穿高雅晚宴禮服的青年站在那裡。他全身上下都散發出貴族的氣息，而且還是就算放眼帝國貴族派也數一數二的那種。那身金線縫邊的外套，材質極為柔軟的色彩領帶，以及像是沿著他身體曲線剪裁而成的上衣……光是如此，就能看出肯定出自帝都上流的裁縫師之手，對方也不是個會看得上工廠量產成衣的那種傢伙。

艾米里歐·格拉亞契。

他是格拉亞契侯爵家的長男，有著國會議長輔佐官的頭銜；與拜蕾塔同年，也是她在史塔西亞高等學院的同學。

一頭接近白色的白金長髮在後方綁成一束，有著一雙冰藍色的眼睛，跟安納爾德是不同類型的美男子。

態度既自大又傲慢，個性則是狡猾陰險又狠毒。

果真來者不善。之前曾在貴族派的晚宴上遠遠看過他，並沒有像這樣彼此靠近交談。跟學院那時的記憶相比，他看起來多了幾分男子氣概；即使如此，渾身散發出討人厭的陰險氣質依然沒變。

特地跑來跟討厭的女人搭話，真不知道他究竟是想怎樣。

「哎呀，好久不見，格拉亞契先生。」

「你們認識嗎？」

安納爾德探頭看了一下拜蕾塔的表情，與其說是在試探，似乎只是單純抱持興趣而已。他應該想不透拜蕾塔怎麼會認識貴族派的年輕人吧。不過丈夫知道他是誰嗎？抱持這個疑問，拜蕾塔不禁猶疑著該怎麼回答才好。

與其說認識，應該說是曾有一番過節的人。

總之還是先點了點頭。

「是的。他是我在學院念書時的同學，你知道他是誰嗎？」

「嗯，這位是國會議長輔佐官對吧？」

艾米里歐最愛的就是自己這個頭銜了，安納爾德知道他的身分似乎讓他感到很自滿。果不其然，只見他揚起嘴角，露出有夠惹人厭的表情。

「由於議長閣下無法前來，我便代為參加。」

議長是貴族派的領袖，才不會來參加根本是軍人派據點的慶功宴吧。由於這是皇帝也會出席的場合，所以才會禮貌上邀請他們。議長自己也很明白這點，可見只不過是派個人代為參加而已——換句話說，就是打雜的。這並不是多麼值得自豪的事情，然而艾米里歐卻一臉得意洋洋的樣子。不過，他是個瞧不起軍人的人，照理來說應該也很不情願前來這個場合才對。

「我聽說這次在慰勞獎金的支付上有所延宕，輔佐官是為了這件事來的嗎？」

「慰勞獎金？」

安納爾德一提起這個問題，艾米里歐就露出尷尬的表情，看起來就像是戳中他的痛處一樣。

報紙有刊載「戰爭慰勞獎金是由軍方跟國會進行交涉」的消息，新聞上寫著已經從鄰國收下一筆足夠的金額，但卻還沒支付給軍人，怎麼想都不太對勁。

「那件事並不在我的權限之內，過幾天議長應該會對此發表一些言論吧？我也有很多事情要忙，沒打算在這種火藥味濃厚的地方久待，不過我想給中校一個忠告。」

這個男人還是一樣傲慢又不識相，怎麼會在全是軍人的會場中，講軍人的壞話呢？就算貴族派跟軍人派交惡的事情眾所皆知，至少也該做點表面工夫吧？

「沒想到斯瓦崗中校的夫人就是妳，那也難怪會傳聞滿天飛了。」

「是怎樣的傳聞呢？」

又是傳聞。

拜蕾塔費解地歪過頭，安納爾德卻對他投以銳利的目光。

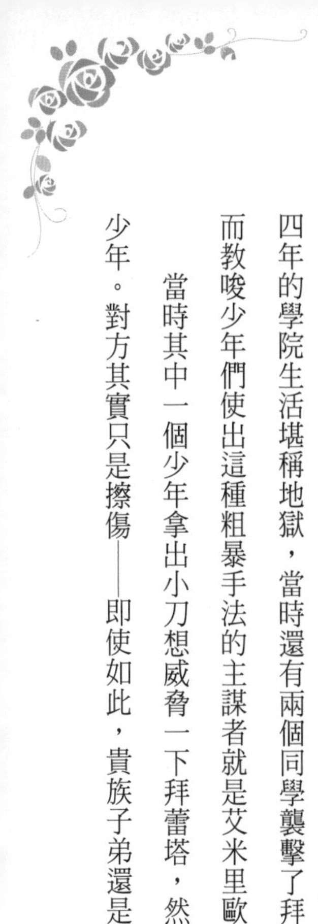

「你想怎樣？」

會用略為低沉的嗓音這麼反問，正表現出他感到不高興。

「沒什麼，我只是不忍眼睜睜看著在這場戰爭中立下大功的中校被蒙在鼓裡。你可能不曉得，這女人可是把學院裡的男人都隨心所欲玩弄於股掌之間，連教師都望而生畏。」

艾米里歐沒有對安納爾德的反應感到退縮，反而得意洋洋地這麼說。說到頭來，放出這種傳聞的就是眼前這個男人。只因為自己不但是個女人，而且還是軍人派的女兒，卻比他們幾個公子哥還要聰明，就心生妒恨——沒有什麼比男人的嫉妒心還更難堪的東西了，甚至比女人還要會記恨。不對，這或許跟性別無關，終究還是端看一個人的性格吧？

然而可惜的是沒有任何證據指出是他放出這種傳聞，也沒有人站在拜蕾塔這邊。那四年的學院生活堪稱地獄，當時還有兩個同學襲擊了拜蕾塔——說穿了就是預謀性侵，而教唆少年們使出這種粗暴手法的主謀者就是艾米里歐。

當時其中一個少年拿出小刀想威脅一下拜蕾塔，然而小刀被她搶去，反過來傷害了少年。對方其實只是擦傷——即使如此，貴族子弟還是相當纖細，就這麼嚎啕大哭並把事情鬧大。

這就是父親跟舅舅至今講起還是覺得很傻眼的，拜蕾塔在學院時代的刀傷事件。說真的，本來以為事情不會鬧得那麼大，畢竟只是稍微割傷手臂的皮膚而已，不但衣服就遮得住，何況對方還是男的。反觀自己，明明也是貴族的女兒，而且還是差點就被傷害寶貴貞操的狀況。說到頭來，光是認為不會遭到反擊，也太輕慮淺謀了。

幸好性侵一事是未遂收場，但不知為何事情變成拜蕾塔誘惑對方，只有自己受到處分。

而且還就這麼畢業，以至於拜蕾塔的成績差到不行——畢竟沒能參加考試，這也是理所當然；不如說，幸好還能取得畢業資格，畢竟就連名聲及尊嚴都已是破碎不堪。

拜蕾塔知道自己容貌姣好，既然是遺傳自被稱為女神的母親，這也是理所當然。即使如此，還是很討厭因此引來莫名其妙的男人。拜蕾塔對自己的長相越來越感到厭惡。真要說起來，原本就不擅長與異性相處了，經過這件事情更是變得討厭男性，甚至可以說是憎恨的程度。

換句話說，艾米里歐從以前就是拜蕾塔的敵人。

那些傳聞在貴族派聚集的晚宴中傳開，即使當她開始在社交界露面，也不見褪去的

跡象。在跟安納爾德結婚之後不但沒有減緩，甚至發展成被人懷疑跟舅舅還有公公都有著肉體關係。當然，耳聞此事的公公氣憤地否認，婆婆也知道這並非事實，只是露出苦笑而已。

但沒想到，同樣的謠言竟然連軍方這邊都傳開了。

「像是以中校的父親為首，我看妳現在也跟很多男人有關係吧？」

「放出那些傳聞的人果然是你啊……」

這個毫無畏懼地嘲笑他人的男人，從以前到現在一點也沒變。

明白了自進到會場後就一直感受到不舒服視線的原因，拜蕾塔正要向他反嗆回去時，一道緊繃的聲音立刻介入。

「請你別再侮辱我妻子。」

在拜蕾塔出言反駁之前，安納爾德用嚴厲的口吻對艾米里歐這麼說。

至今惹怒他好幾次，然而此時是拜蕾塔見過最生氣的模樣。光是丈夫的視線好像就足以將對方給冰凍起來。被這樣的眼神一看，艾米里歐也頓時感到畏縮，他基本上就是個沒膽的人。

「但、但我這麼說是為了中校著想……」

「與那無關。我的妻子我最了解，也知道她是個多麼高潔的人。」

「她在學院念書時，可是曾經砍傷過同學喔！裝作一副淑女的樣子，其實根本是個潑婦。要是哪天傷到中校，應該也會很傷腦筋吧？」

「我知道妻子的劍術實力，當然也知道那樣的身影有多麼凜然，甚至令我看到入迷；然而，她的劍尖只會指向惡人而已。像那樣毫無道理的暴力，分明正是她最為唾棄的行為。還是說她曾經針對過你呢？若是如此，你肯定是做過什麼事，觸及她的逆鱗了。」

「中、中校，我還有事先走了，再會……」

難得看到艾米里歐這副語無倫次的狼狽模樣，他的身影隨後就消失在會場裡。

拜蕾塔注視著靜靜待在身旁的丈夫。他的表情依然沒什麼變化。

他早就知道妻子在外有著與許多男人發生關係的惡女傳聞了嗎？不，還是說，正因為他知道，才會提出那種賭注呢？是打算隨便玩玩再離婚？還是想給人一個教訓？可是平時對別人都不太抱持興趣的他，會特意做這種麻煩事嗎？

關於這點，現在還看不出他究竟有何意圖。

但即使是父親跟舅舅，都不喜歡一個女人家那樣揮舞刀劍，學院也不肯指導女學生劍術，所以拜蕾塔幾乎都是自學的。自從公公被打敗之後，因為深感懊悔而跟拜蕾塔對練了好幾次，但那還是第一次在劍術方面得到他人的全面接受。

會用凜然形容那樣的自己，就只有丈夫而已；而且認同使劍的自己不是在耍好玩的，而是秉持著一股信念的行動。

該怎麼稱呼這種打從內心深處湧上的情感才好呢？

拜蕾塔懷著難以言喻的心情，抬頭看向身旁的丈夫。

「原來你早就知道那些傳聞了啊。」

「一般來說，都會調查一下結婚對象的背景。」

既然是貴族間的婚事，還是有著軍方家世，會這麼做或許也是理所當然。

但他既然都知道了，怎麼還會答應這樁婚事？竟然會娶一個被人稱作惡女，還跟同學之間發生過刀傷爭執的女人為妻，到底是有多麼不在乎這件事啊？真是令人傻眼。抑或是他還有其他理由呢？

「既然知道，還決定要跟我結婚？」

「我是直到最近才知道的，所以是結婚之後的事了。」

「那你還對妻子想離婚的要求不屑一顧，甚至提出那種莫名其妙的賭注？一般來說在得知那種傳聞時，應該就會離婚了吧？」

安納爾德的腦子裡究竟都在想些什麼啊？

丈夫實在太古怪了，搞不懂他這個人。

「一開始確實想過很多事情，但從妳在領地還有平時的舉止看來，讓我認清那些終究只是傳聞而已。跟妳有關的傳聞甚至在軍方這邊都傳了開來，看來我的妻子真的很受歡迎。」

「咦……受歡迎？」

還以為會受到譴責，卻看到安納爾德莫名感到欽佩的樣子，拜蕾塔不禁這麼反問。

「那些負面傳聞似乎是被妳甩掉的男人因為心有不甘而放出去的，因此在傳聞中也跟著變成我娶了一個天大的惡女。」

「既然如此，請你跟我離婚。」

總算得知自從踏入會場就感受到那股視線的原因，這麼說來也覺得可以理解。但唯獨丈夫的態度實在無法明白。

拜蕾塔愣愣地眨了眨眼，安納爾德也疑惑地歪過頭說：

「妳覺得會有男人想放掉這麼好的妻子嗎？很可惜的是，我並不打算做那種蠢事。

竟能娶到面對任何男人都不會動心、堪稱堅不可摧的妻子，我才不會自願放棄這份幸運。」

換作平常，就算被人稱讚容貌也絲毫不會放在心上，而且好像也難以將「堅不可摧」當成是一句讚美——應該說，就連他是不是在稱讚自己都很難斷定。

然而，拜蕾塔可以感受到自己的臉頰頓時熱了起來。

與夜晚的行為截然不同的另一種羞赧，襲向拜蕾塔。

莫名覺得坐立難安，心臟更是跳得飛快。

純粹是對此感到開心不已。

但第一次產生這樣的感受，讓拜蕾塔顯得有些狼狽。

「不、不好意思，那個，我去補個妝。」

「那麼，我到外頭吹吹風。」

「好的。」

拜蕾塔快步走向會場外的走廊。不知為何，待在丈夫身邊總覺得很害臊，心臟更是怦怦跳個不停，甚至讓人想大喊出聲。

有人理解我，有人認同我，而且沒遭到責難——更重要的是，他還替我說話！

這還是第一次有人當面這樣袒護自己，這讓拜蕾塔開心到幾乎都要喊叫出來了。

「請問是拜蕾塔・斯瓦崗夫人嗎？」

一來到走廊，被人這麼叫住的拜蕾塔順著跳個不停的鼓動，氣勢強勁地轉過身去。

站在眼前的是一位有著金色捲髮的華美女性，那身濃豔的紫色禮服與她合適得甚至教人覺得爽快。

看著她臉上帶著幾乎要看不出原來樣貌的濃妝以及刺鼻的香水味，讓拜蕾塔差點就要皺起臉，但還是拚命地忍了下來。

「我就是……」

「突然把妳叫住真是抱歉，我是卡菈・萊登沃爾。」

年紀大概是三十幾歲吧，雖然因為濃妝的關係看不太出來，總之那股妖豔的氛圍在在表現出她的女人味。即使穿著胸口大開的禮服也不會讓人覺得下流，應該是因為她具備高貴氣質的關係。

拜蕾塔的視線連忙從那大方袒露的豐滿胸部向上看去。

萊登沃爾是與斯瓦崗有著相同爵位的伯爵家，當然隸屬貴族派，而且占有一席之地。

在社交界也時有耳聞，眼前這位正是人稱「魅惑女帝」的女伯爵。

十五歲就嫁給萊登沃爾伯爵家宗主為後妻的年輕卡菈，在丈夫過世後成了寡婦。隨後，便以寡婦身分遊走在許多男性之間，以社交界的謊花（註1）而廣為人知。

現在正在等她的兒子成年，並繼承爵位。

聽說實際上處理工作的是前任伯爵的親弟弟，本身是男爵家的兼任宗主，卡菈則是忙於戀愛之中。

由於就社交界來說派閥也不一樣，因此拜蕾塔只有遠遠看過而已，不知道她是一位這麼令人印象深刻的女性。

雖然拜蕾塔也有不少謠傳，但那些並非事實，而卡菈可是貨真價實的惡女。

不只是滿足於掌管了社交界的貴族派，甚至前來參加軍方舉辦的晚宴，可見她的人脈非常廣。但她身邊應該沒有軍人才對，不知道是不是拜託哪個男人帶她進來。

正當拜蕾塔費解地想著，究竟她為什麼要特地耗費勞力跑這一趟時，卡菈瞇細了微微上揚的眼尾並開口問道：

註1：謊花，指不會結果的花朵，亦指虛有其表。

「妳知道安納爾德先生在哪裡嗎？」

「丈夫就在會場那邊。」

這麼說來，他剛才說要去吹吹風，說不定走到露臺那邊去了。

「我就是在會場沒看到他呀，看來夫人也不知道呢。」

卡菈瞧不起人似地冷哼了一聲，目光緊盯著拜蕾塔，很沒禮貌地從頭到腳打量一番。

「我本來不覺得年輕女孩有辦法滿足安納爾德先生，但妳的謠言似乎也傳得很廣嘛！」

「真是羞愧。那些與事實完全不符的荒唐謠言傳成這樣，也令我深感困擾。」

「妳好意思說那些是荒唐謠言啊……」

「我不像萊登沃爾女伯爵一樣那麼有魅力呀。」

雖然是在稱讚對方，但話中也帶了點嘲諷。

有沒有聽出來就端看對方了，但她似乎是對其他事情感到不快。大概是看不慣拜蕾塔冷靜回話的態度，卡菈一對漂亮的柳眉皺了起來。

斜眼看過來的目光更是冷淡，拜蕾塔察覺她今天出現在這裡的目的正是安納爾德。

「我們是舊識呀。雖然那也是在他成年之後的事……哎呀，不都說男士對第一次的

對象總是難以忘懷嗎?但這不是該讓夫人聽見的事情呢,真不好意思。許久未見,我很想跟他聊聊……可以跟妳丈夫借一步說話嗎?」

「這樣啊。」

豐厚的鮮豔紅唇發出嫵媚的聲音,總覺得給人一種不快的印象。還是說,聽在不同性別的人耳中,會是悅耳的聲音呢?特地跑來跟自己確認這件事,還順便暴露跟丈夫之間的關係,目的就算不是宣戰,也是一種牽制吧?

內心不禁產生「好啊,請」並想把丈夫推給她的心情,但與此同時也不禁在內心咒罵丈夫的眼光之差。

就算是丈夫第一次的對象,這也太糟了。

就女人來說,米蕾娜實在好多了。

不懂得欣賞小姑那番惹人憐愛的模樣,卻跟這個惡女有過一段關係——思及丈夫的女性經歷,讓拜蕾塔忍不住皺眉。不知道是不是因為看到這副表情而滿足,卡菈留下一句「打擾了」就轉身離開。

儘管只交談了一會兒,但這個地方滿是那股濃烈的香水味,實在令人感到不悅。

一邊摀著湧上怒火的胸口,拜蕾塔快步朝著化妝室走去。

安納爾德剛才說要到外頭吹吹風，因此從化妝室回到會場並朝向露臺的方向走去之後，拜蕾塔便在僻靜的一隅看見丈夫的身影。

他靠在露臺的欄杆上，好像在跟別人說話的樣子。

然而，並沒有見到剛才碰見的卡菈的身影，頓時讓拜蕾塔感到鬆了一口氣，卻又對於這樣的自己感到費解。為什麼只是因為沒看到她就會覺得放心呢？是因為可以不用再聞到那股刺鼻的香水味嗎？

「好久沒看到女伯爵大人，她還是一樣個性鮮明，真虧你能陪她瞎扯那麼多。」

剛好被安納爾德擋住而看不到身影，但從對方的語氣聽來想必是他認識的人吧？要是打擾到他跟朋友聊天也不太好，然而繼續站在這裡偷聽感覺好像又更糟。究竟該上前招呼，還是先暫時離開一陣子才好？但要是擅自跑去別的地方，說不定會讓他擔心。不，還是說他其實也不會放在心上呢？

就在拜蕾塔猶疑的時候，安納爾德平淡地回答對方：

「在我身邊的女人都是那樣，你也是知道的。」

「是啊。就這點來說，我以為你老婆也是同樣的類型，但討厭女人出名的你到底是在想什麼啊？」

「沒什麼，只是因為她是妻子吧。」

討厭女人？

既然討厭女人那就討厭得徹底一點，趕緊放手不就得了。

為什麼還要每天晚上都渴求到那種地步啊？

討厭的話，隨時都能離婚，毋寧說正是他挽留下希望離婚的自己吧？

「喔喔，因為不用花錢也能跟女人上床嗎？在戰場上，這方面真的很麻煩吧？肯配合又不用花太多錢，更重要的是還很安全的高級娼婦根本沒幾個；還要擔心會不會挑到跟長官一樣的對象呢！」

安納爾德並沒有回答，但他似乎笑了笑，總覺得氣氛忽然晃動了一下。

「真羨慕你可以免費跟那樣的美人上床，就連娼婦也很少有人比得上那副美貌呢。」

「是嗎？」

「我跟你都是在戰爭前就先結婚了，不過周遭的人好像現在才是結婚潮，就連那個跟熊一樣魁梧的海因茲，好像也是好事近囉！但這對戰場歸來的人說，是常有的事吧？

要是人沒有回來，媒人也無從談起婚事嘛。少了那些無法歸來的傢伙們，現在可多的是待嫁的女孩們，好像只要是活著回來的軍人，任誰都好喔。如果我也等到現在，是不是就能娶到一個美女了啊？」

「外貌不是重點吧？」

「但還是漂亮一點的比較好吧？對啦，能比你更美的女人我看也很少見吧。」

「別說了，有夠噁心。」

「你真的很討厭自己的長相。這麼說來，你是不是被第二方面軍的長官盯上了啊？」

「我鄭重拒絕了。」

「聽說德雷斯蘭上將閣下暗地裡費了好一番工夫喔，我看你這次是搞砸了。」

聽著男人們的閒聊，拜蕾塔悄悄離開了現場。

不知不覺間，拜蕾塔下樓走來到了中庭。

茫然地走著走著，無意間看到眼前的長椅便坐了下來，這才深深吐出屏住的呼息。自己好像在不知不覺間忘了呼吸。

並沒有對丈夫抱持任何期待，說穿了，自從學生時代就放棄對男人有所期待了，她一點都不想成為必須仰賴別人才能活下去的那種女人，也絕不想被那種只因為男人的一

個言行就輕易改變的價值觀耍得團團轉。

明明是這麼想，不知為何卻有種深受打擊的感覺。

是為了什麼？

因為跟平常一樣被當成娼婦看待嗎？還是因為被認為自己是個只有容貌可取，腦袋空空的女人呢？

不，自己應該最清楚，這些全都不是原因所在。

丈夫秉持著毅然的態度與艾米里歐對峙，甚至替自己說話這件事，真的令人感到很開心。即使知道那些傳聞，丈夫的態度還是沒有改變，不但沒有瞧不起自己，也不會出言責怪自己太過囂張；看到女人揮舞著刀劍也沒有感到不快，還用「凜然」這樣的讚辭形容。

那真的令人感到很開心，大概也產生了信賴感。

自己第一次不禁對男人抱持期待。

結果不經意得知那其實是場面話，所以自己覺得受傷了，有一種遭到背叛的感覺。

比起屈辱而感受到的怒火，因為「他沒能相信自己」而覺得悲傷的情緒更為顯著。

難道自己無論如何都得背負招人誤解的命運嗎？這尤其令人意志消沉。

當拜蕾塔用雙手摀住自己的臉並低下頭去時，有道陰影覆了上來。

抬頭一看，只見一個眼熟的男人站在眼前。

「舅舅大人……」

薩繆茲穿著一身晚宴禮服，優雅地伸手壓著接近黑色的焦茶色頭髮。拜蕾塔今晚一直都是只看到軍服而已，因此覺得不太習慣，但這麼說來在軍用物資方面商會也有一番貢獻。她回想起舅舅曾笑著說賺了一筆的事情。應該是因此才會受邀參加這場慶功宴吧？

然而他的一雙翡翠綠眼睛看起來卻有些黯淡，讓拜蕾塔感到費解。

「是誰惹哭我可愛的姪女呢？」

「哎呀，我沒在哭，只是太久沒有參加晚宴，覺得有點吃不消而已……」

「真是的，妳這種倔強的個性也是遺傳自姊姊吧。」

舅舅大步走了過來，在身旁坐下之後，緊緊抱著拜蕾塔。

不同於丈夫身上的味道，這股讓人聯想到剛萌發的春芽般香水氣味，讓拜蕾塔的心情稍微平靜了一點。這是熟悉的味道，舅舅從以前就一直是用同一款香水。

「這樣的話，就不會被任何人看見了。妳可以盡情地哭喔。」

「呵呵，舅舅大人。我也已經長大了，不會再像個少女一樣哭泣了呀。」

「對我來說，妳永遠都是可愛的姪女。」

「這是我的榮幸。」

舅舅從小就對自己灌注滿滿的愛，對他真的滿懷感謝。雖然知道那是因為自己跟母親很相像，即使如此他還是願意傾聽拜蕾塔心中的話，甚至實現了想成為商人開店做生意的夢想。

他跟平常一樣輕拍著背部安撫拜蕾塔的心情。無論到了幾歲，舅舅總是只會採取寵愛小姪女的行動。明明自己都已經二十四歲，是會被稱作貴婦人的年紀了。

即使如此也不會覺得被他小看，應該是因為這些舉止之中都只有深厚的情感而已。

薩繆茲默默地安撫著拜蕾塔，無意間看到她掛在脖子上的項鍊。

「那條項鍊是黃水晶啊……這麼說來，妳好像幫了琵雅蒙堤寶石店的店長很大的忙？這個礦石是那間店的東西吧？」

在抱著肩膀的狀態下，拜蕾塔的視線轉而看向舅舅。

為了讓姪女打起精神的方法，竟是提起生意上的話題，可見薩繆茲骨子裡就是個商人，這讓拜蕾塔不禁苦笑。

不過就現在的狀況來說，這樣的顧慮著實令人感激。

「舅舅大人總是掛在嘴邊呀，競爭意識能活絡整個商業的發展，獨占與停滯都無法帶來任何東西嘛。」

「即使如此，也沒必要從旁指點那麼有手腕的人吧。」

「哎呀，他是個好人喔。」

「為人確實不壞，但處事精明，直覺也精準到令人害怕。就算沒有妳的協助，他也足以經營起那間店了。」

琵雅蒙堤寶石店的店長因為父親生病的關係，才剛突然接手生意而傷透腦筋。舅舅所指的似乎正是自己因此在各方面提供他協助的這件事情；原來如此，看來是自己多管閒事了。

拜蕾塔這麼在心中自省時，突然有人對著他們開口：

「你們在做什麼？」

聽見那道銳利又冰冷的聲音，拜蕾塔下意識挺直了背脊。

薩繆茲則是像在哄哄她似的，溫柔地安撫她的背。

「啊呀，這位是斯瓦崗中校吧？」

「能請你離開我妻子身邊嗎？」

「舅舅大人，抱歉，這似乎讓丈夫誤解了。」

輕輕推開舅舅的胸口之後，他揚起了輕笑。

「沒關係的，拜蕾塔。無論如何，妳都不該受到這個丟下妻子跑去玩樂的年輕人責難。」

「只是一個不注意，就找不到我親愛的妻子而已。更重要的是，這並不構成一個成熟的男性，對別人妻子出手的理由吧？」

好意思說什麼親愛的妻子。

明明剛才不經意得知他把自己當娼婦看待，但還是裝作沒有察覺到自己抽痛的心。

「我只是在疼愛自己親愛的姪女而已啊。」

「你知道就是這樣的態度，才會讓謠言傳開的嗎？」

「謠言？既然可以避免招來莫名其妙的蟲子，那也沒差吧？」

舅舅的原則一直以來都是這樣。

以毒攻毒，用傳聞對抗傳聞。

正因如此，他才會至今都未否認關於拜蕾塔的負面傳聞，並放任謠言傳開。

「但也像這樣引來最大的害蟲就是了……是說，你什麼時候才要跟拜蕾塔離婚？」

大概半個月後就會圓滿離婚了──雖然很想這麼說，但現在這個氣氛實在不太適合。

「我並不打算離婚。」

「趁我不在帝都逕自締結這樁婚事就算了，丟著她八年不管的人，好意思講這種話？我可是不會認同的。」

「你並沒有這樣的權力吧？」

「真有趣，年輕小子要找我吵架啊？我同時也是她的師傅，所以她既是我的寶貝弟子，也是親戚。你才是有什麼資格說那種了不起的話？如果是憑著八年來什麼都沒做的丈夫立場，可是會笑掉人大牙。」

「即使如此我還是她的丈夫，畢竟我們的婚姻關係就是事實。而且，她的事情應該由她自己決定，我會尊重妻子的想法。」

面對憤慨的舅舅，安納爾德冷靜地這麼回答。

但如果真的尊重妻子的想法，真希望他可以不要提出那種賭注，趕快答應離婚。

畢竟決定挽留的人是他，甚至提出那種奇怪賭注的人也是他。

「原來如此，有這樣的想法很好。那麼，拜蕾塔。妳就趕緊恢復自由身吧！」

「但很可惜的是，她不會跟我離婚的。」

那是因為簽下字據的關係好嗎！

然而這句話實在沒辦法對舅舅說出口，要是被舅舅得知做了那種賭注，他肯定會說「竟做那種蠢事」並痛罵一頓。

感覺還會補上一句「竟然因為一時衝動做出沒有勝算的賭注，簡直連三流商人都不如」。但看見丈夫一副勝券在握的表情，拜蕾塔也有點火大，沒必要用那種會招人誤解的說法吧？這樣惹怒舅舅究竟是可以得到什麼好處？

「什麼意思，你也太自戀了吧？不過，拜蕾塔看起來好像有點慌張呢。」

原本盯著丈夫的那雙眼緩緩看了過來，銳利的眼神中帶著危險的神色。跟舅舅報告結婚的事情時，他也是露出類似這樣的表情、逼問了將近半天，一回想起就不禁令人抖了一下。

拜蕾塔立刻領悟到，繼續待在這裡絕非上策。

「舅舅大人，這幾天方便跟你借點時間嗎？我有事情想找你商量。」

「這樣啊……那就後天吧？一起吃頓午餐也好。約在老地方就好了吧？」

舅舅肯定是要逼問出安納爾德可以這樣自信滿滿地說出不會離婚的原因吧？得留點

時間思考對策才行，否則只能預想到事情變複雜的未來而已。

老地方，指的就是舅舅在帝都經營的高級餐廳中位於最高樓層的房間。平常遇到重要的商談或是接待場合時也都會到那間店去，對拜蕾塔來說當然是熟門熟路。

「好的，謝謝舅舅大人，那我們先走了。老公，我們回去吧。」

拜蕾塔一站起來，就挽住安納爾德的手臂離去。

丈夫姑且是不發一語地跟了上來，舅舅似乎暫且決定默默目送兩人離開。他沒再繼續刺激丈夫真是太好了，無論在內心罵得多麼難聽，只要沒說出口都不會構成任何問題。

拜蕾塔由衷感謝舅舅明理的態度。

當拜蕾塔勾著安納爾德的手臂來到中庭時，他突然改變了前進的方向。還以為是要前往會場，沒想到卻朝著杳無人煙的方向走去，結果變成就這麼被他拉著走了。

拜蕾塔不禁停下腳步，叫住朝著接近樹林深處前進的安納爾德。

「那個，現在是要去哪裡……？」

「這裡就好了嗎？」

安納爾德一轉過身，他的手就伸了過來。

「你在說什——嗯呼！」

問到一半的話突然被親吻給堵住了，就這麼倒抽一口氣之後，他換了個角度又更深入地吻了過來。他的一隻大手繞到頭部後方使勁地穩住，空出來的另一隻手與其說是扶著腰部，感覺更像為了不讓拜蕾塔逃走而抓住一樣，力道強勁的手臂讓人體認到他真不愧是軍人——但也沒必要在這種地方表現出這樣的一面吧！

「呼……啊嗯……呀啊！」

拒絕的話語就這麼變成嬌嗔，發出像是從鼻子呼出的嫵媚呻吟。

這樣反常焦躁的動作一點也不像他，然而正確又精準地讓事態一步步進行下去，卻又很符合他的作風。

安納爾德的手毫無遲疑地伸進裙子裡，更朝著大腿摸了上去，早已習慣的動作讓身體發出欣喜的戰慄；對於完全服從的身體感到氣憤的情緒，也漸漸被無法抗拒的愉悅給漸漸吞噬而去。

然而這裡是戶外，何況還是皇宮的中庭，可不是讓人做那種不知羞恥的行為的地方。當然拜蕾塔也知道有些男女會以此為樂，但自己並不那麼想。

還是說，正因為對他而言妻子就像免費的娼婦一樣，所以覺得無論何時都能隨心所欲呢？

內心明明因為遭到背叛的情緒而感到受傷，身體卻完全接受了他所給予的刺激。矛盾的反應，讓拜蕾塔深刻體會到這份煎熬。

「請、請你……住手！」

「現在還是賭注的期間喔，妳無權拒絕。」

那雙祖母綠眼帶著猜疑的神色，讓拜蕾塔感到無比心寒。在慶功宴會場上注視著自己的那對甜蜜又令人陶醉的目光，簡直就像虛幻一場。自己對他來說，果然終究只是像個娼婦，也是一如傳言中的惡女吧？

誤以為得到他的理解，也被他所接受的那種喜悅，在轉瞬間全都被蓋了過去。

「即使如此……啊啊！嗯……」

「覺得愉快嗎？妳剛才說過到了會場就可以吧？」

「我沒那樣說……呼！不要，我不要在……戶外……！」

「但我看妳都做好萬全準備了。」

思緒被羞恥與快感愚弄得一塌糊塗，明明是想否認，逸出口的卻是無止盡的嬌嗔。

就像要依偎著夾在雙腿之間的手一般，拜蕾塔環抱住安納爾德的脖子，兩人的身體也更加貼近。

趁著短促呼吸的空檔交纏上舌頭，再怎麼不甘心也仍沉醉於歡愉之中。身體確實已經對他言聽計從，但拜蕾塔還是秉持著最後一絲矜持，不願點頭。

「呵……真令人不快啊……甚至連我自己都嚇了一跳。」

「既然如此……你就……放開我……」

「別開玩笑了，喏，妳也稍微坦率一點吧？」

就像在嘲笑自己這麼禁不起歡愉的身體似的，丈夫揚起了嘴角。

即使不知道丈夫口中的不快所謂何事，也無法理解他究竟是在說什麼，不知為何內心就是不斷喊著不想讓他失望。光是他的修長手指滑過肌膚，就足以帶來一陣難耐的酥麻感。

「語出抗拒這種謊言的妻子必須受到懲罰，然而，也要給渴求著我還這樣撒嬌的妻子一點獎勵才行。沒想到竟這麼輕易就隨妳起舞，我甚至都要被自己氣到頭暈了，妳真的很會給我找樂子。」

「不……啊……」

紊亂地喘息著並朝安納爾德看去，只見那雙祖母綠眼中閃現蠱惑般的目光。這讓拜蕾塔的思緒徹底染上難耐的歡愉情感，變成一片空白。

拜蕾塔既不想要懲罰，也不想要獎勵。然而內心的怒火輕輕鬆鬆就被羞恥與歡愉給蓋過去。承受不住快感的這副身體，讓自己陷入強烈的自我厭惡之中。但就連這種情感也都變成甜蜜的歡愉。

「請妳做好覺悟吧，拜蕾塔……」

他的這句低語，就這麼虛幻地消失在漸漸失去的意識之中。

安納爾德抱著昏過去的妻子，一邊反省在皇宮中庭放任情緒失控的行徑。

現在正待在返回伯爵家的馬車裡，坐在還足夠坐人的寬敞座位其中一側，安納爾德加重了抱著妻子的手臂力道。對大家說是妻子身體不太舒服之後，就離開了慶功宴會場。何況活動也幾乎到了尾聲。由於至今無論參加任何一場晚宴都不曾待這麼久，當安納爾德將拜蕾塔放到馬車上之後回到會場，友人甚至還對於這時間才前來說要先離開的自己感到驚訝不已，像是捉弄般地說「你怎麼還在啊」。

像這樣隨著馬車的晃動踏上歸途，心情才恢復了冷靜，不如說直到剛才的激情太過異常了。

從沒想過不快的情緒會跟性欲結合在一起，但那確實是至今感到最為興奮的一次。

沒想到在自己心中竟抱持如此狂暴的情緒，拜蕾塔也完全昏了過去，感覺不會那麼快清醒過來。對於妻子嬌小到令人足以擁在懷裡的身影，安納爾德感到一陣戰慄。

端正身姿站在身旁的她，總是散發出強悍的氣場。應該就是那樣的存在感，讓她看起來高大許多吧？然而，實際上抱著像這樣沉睡的她，就能切身感受到比自己嬌小許多的身形。

她本來是個宛如易碎品般纖細的女人嗎？

還以為她就跟只要敲一敲就會恢復的鋼鐵鎧甲一樣，然而注視著猶如纖細的玻璃工藝品般脆弱的身影，不知不覺間就加重了擁抱的力道。

早就知道她跟舅舅的感情很好了吧？

在搖晃的馬車裡，安納爾德對自己這麼問道。

給出的也是首肯的回答。

不但看過報告，也聽過他們之間有男女關係。當然，安納爾德並沒有懷疑兩人之間的關係，畢竟她第一次的對象就是他自己。然而光是從書面上得知的情報，與自己親眼目睹時帶給安納爾德的衝擊，完全無法相提並論。

感情很好？

舅舅跟姪女不會像那樣並肩坐在長椅上互擁。

也不會在極近距離下注視著彼此，開心地交談。

更不會理所當然似的伸手繞到背後安撫她。

最重要的是，一般人並不會對姪女的丈夫散發出那種殺意及憎恨的情緒。

看就知道他們之間的關係不是只有「感情很好」而已。安納爾德回想起烙印在記憶之中的光景，不禁覺得難怪那種謠言會傳得這麼開。與此同時，再次感受到一股氣憤的情感打從心底湧上。

安納爾德也對讓他目睹那種光景的妻子，感到更加不快。

另一方面，掌管理性的自己也嗤笑著說「所以才會有趣啊」。

至今自己察覺的情感有不快與平淡，除此之外都只是看著其他人的反應，進而模仿，基本上都是面無表情地度日；畢竟要那樣裝出情緒掩飾過去，其實也滿累人的。

但是，唯獨跟她牽扯上關係的時候會產生各種改變，情緒會有濃淡的變化，也有形

態上的變化，會產生像在轉瞬間沸騰般的不快感，也有像是一點一點受毒害折磨般的不快感。甚至，還有伴隨胃部沉重的不快感，以及焦躁不已而且靜不下來的感受。

『你到底有多喜歡你老婆啊？』

無意間回想起莫弗利的這句話。

這還是自己第一次對某個人抱持好感。

直到被長官這麼指出來之前，拜蕾塔在自己心中的地位，都是個令人深感興趣而且有趣的妻子。但似乎因為他的這句話，讓妻子升格成心儀的對象。

就連這種事情若是沒有他人提點都不知道，可見自己對情感有多麼遲鈍。

然而，安納爾德重新想了一下。

自己也無從確認這究竟是不是真的一如長官所言的情感。

既然如此，就暫且觀察一下狀況好了。

審視自己漸漸產生變化的情感，也不知道最後會變成怎樣，那也只能靜觀其變了。

反正也想不到有任何應對方法。

而且，這如果真的就是喜歡一個人的情感，那還真是棘手的東西。

不過在自己心中，還是有著無論如何都無法退讓的底線。

「請你做好覺悟吧，拜蕾塔。我絲毫沒有要放手的打算。」

再次反芻了妻子在皇宮中庭昏去前一刻自己說出口的話，並輕輕給她留下一吻。形狀漂亮的嘴唇既輕滑柔軟，又很溫暖。

安納爾德輕閉雙眼。

盡情地享受著擾亂自己情感的她所帶來的溫暖——

轉　章　獵狐行動開始

「那個臭丫頭是怎麼回事！一副自以為從容的樣子對我冷嘲熱諷，竟然還誆騙安納爾德，到底是憑什麼！」

前往參加慶功宴時心情還很好的女人，一回到宅邸就煩躁地咬著長長的指甲這麼吼道。

儘管內心覺得這副模樣真是難堪，然而她也是自己今晚的同伴，這讓艾米里歐不禁感到厭煩起來。

為了讓許久未見的安納爾德成為自己的俘虜，卡菈幹勁十足地參加了慶功宴。沒想到安納爾德實際上一點也沒有要搭理她的樣子，不僅如此，還聽他放閃地說著自己珍愛的妻子太過美麗可愛到不行，讓她不甘心地直跺腳。就連平常沒有什麼接觸的自己，都不禁懷疑這些甜言蜜語是不是真的出自那個中校之口。

艾米里歐傻眼地想著，照這樣看來，應該是相當沉迷於拜蕾塔吧。的確當自己去向他提出忠告的時候，也是被投以像冰一樣的冷冽視線給趕走了。都說是給他忠告了，一想起那副完全沒有要聽人說話的模樣，艾米里歐不禁忿忿地咬緊牙關。

艾米里歐坐在萊登沃爾伯爵宅邸會客廳的沙發上，對著不斷在屋內走來走去發洩怨恨的卡菈說道：

「請您冷靜一點，卡菈小姐，這就是那個壞女人的手法啊。能從那個惡女手中救出中校的人，就只有您而已了。要是連您都失去冷靜，就是中了對方的計啊！」

「嗯……這麼說也是呢。」

接受這番勸說的卡菈坐到艾米里歐身邊，並緊貼著依偎了過來。刺鼻的香水味掠過鼻腔，艾米里歐努力讓自己不要表現出心中的不快。

國會議長輔佐官，這就是自己的頭銜。

請國會議長凱利傑恩．基列爾侯爵給自己安插一個職位，就這麼做到現在。正因為如此，也才希望能有下一步的發展，自己應該沒有無能到只能止步於一介議長輔佐官而已。

卡菈是個要好好利用的女人，不能無端惹她生氣。議長也直接下達命令要討她歡心，因此艾米里歐沒有拒絕的權利。

即使如此，不喜歡的人還是沒辦法喜歡，現在也只能強忍下來了。

「你今晚會住下來吧？」

「可惜我還有非得立刻回去處理的工作，只能先告辭了。」

「真是冷淡呀。」

看起來也沒有覺得特別可惜的卡菈笑了笑。就算今晚沒有自己的陪伴，這個女人也養了很多中意的男人。

無意間看到她飄逸的金色捲髮，艾米里歐不禁瞇細了眼，想著她的髮色還更淡了許多。

在腦海中浮現的是那頭豔麗的莓果粉金長髮。

總覺得記憶中她的髮色好像再更亮麗一些，但或許是因為她給自己留下太過強烈的印象。又或者是與她有關的回憶都太深刻了。

在入學典禮時就瞬間擄獲史塔西亞學院中所有男學生的心的美麗少女，自從在即將畢業時引發刀傷事件過後，就幾乎不曾再到學院來了。

明明不是想讓事情演變成這樣。艾米里歐對她這個總是不乖乖按照自己的計畫行動的女人，抱持著近乎憎惡的情感。

如果願意來懇求自己，就會助她一臂之力了。

如果她沒有那麼聰穎，立刻就會伸出援手了。

如果她再駑鈍一點，就能把她藏起來好好愛護了。

自己早有家人安排好的未婚妻，想娶一個父親不過是區區子爵家的軍人、不同派閥家的女兒，是不可能的事。

貴族派侯爵家的長男沒有自由可言，但如果是情婦就能留在自己身邊。

然而她既強大，又聰穎，還很敏銳。

所以，她終究沒能成為自己的東西。

無論那個時候，還是今天。

在慶功宴上看到的她，比記憶中還更有女人味了。那頭豔麗的莓果粉金長髮比記憶中的色彩更淡了一些，帶著柔和的氛圍，感覺既甜美，又溫柔。

在她的丈夫從戰爭歸來之前也曾在晚宴上見過，但她看起來比那時還更美麗許多。

平常總是在跟某些東西對抗，並不斷掙扎，然而那雙紫晶色的眼睛，總是像絕不會屈服般散發出耀眼的光輝。

也覺得她似乎更加性感了。本來就是個面容姣好的女人，現在更像香氣四溢似的美

豔動人。

她在社交界的傳聞中，不但跟舅舅有著不可告人的關係，當丈夫不在的期間更謠傳讓公公金屋藏嬌，這些謠言也在軍方的慶功宴上傳開了——當然，放出那些傳聞的人正是艾米里歐。無論事實為何，對他來說一點也不重要。

當年那個純真的少女相當美麗，他不過是希望知道這個事實的，只有自己。

然而看到她比起當時更為成熟的身影，艾米里歐不禁感到顫抖不已。

她真的很美。那個女人總是像在嘲笑看得入迷的自己似的，就這麼露出淺淺的微笑。

那個聽說個性冷酷的丈夫，好像也被她誆騙得神魂顛倒。

四處都能耳聞他們感情和睦的事情。他們親密地一同前往安納爾德自從成年之後一次都沒有去過的領地旅行；會一起逛街；有人目睹兩人看起來很開心地買了東西之後，一起坐上馬車之類的，每一次聽到這些事情，艾米里歐就會湧上一股想砸壞東西的衝動。

實際上在慶功宴上兩人也是如影隨形，並開心地交談著。

所以，艾米里歐才會為了潑上一桶冷水，而去向安納爾德提供那些謠言，就為了讓他對站在身旁的女人感到失望。

沒想到，被趕走的卻是艾米里歐。

他恨恨地咬緊牙關，硬是忍下心中的煩躁感。

本來只是出自一番好意。

在艾米里歐的劇本中，當她被耳聞那些謠言的丈夫狠狠傷害了之後，要是哭著跑來對自己說討厭那個軍人丈夫的話，他立刻就能動手了；甚至已經計畫好，要讓她暫時藏身於侯爵家的別墅了。至於安納爾德應該會接受卡菈才是，然而這也以失敗告終。

本來只是一樁輕鬆的差事。

沒想到卻被徹底顛覆了。

而且還是出自拜蕾塔之手。

既然如此，這個計畫還是無法就此止住。

是她自己破壞了這個溫和的作戰計畫，那也是咎由自取。

整個計畫之舵已經徹底轉向到不但激進，還會危害生命的方向了。

這也無可奈何。

一切都是拜蕾塔害的。無論何時都是這麼招人惱火的女人，那惹人厭又總是不讓人

隨心所欲的個性，更是讓人格外憎恨。

然而，她也是個無論何時都讓自己傾心的女人。

分明是那樣瞧不起自己，分明就覺得自己對她的一番好心都沒得到好報。

依然還是無法輕易放棄。

「沒辦法，要開始狩獵狐狸了。」

「呵呵，可絕對不要傷到他喔，那可是我中意的男人。」

「我知道，不過凡事可都沒有絕對。那麼，祝您有個美好的夜晚。」

艾米里歐站起身，並魅惑地勾起微笑。

同時，他也帶著一絲祈願。

就算只有一次也好，他也不禁盼望著萬一發生的情境。

如果她肯來依賴自己，那麼一定──

遙想著在不遠處的同一片夜空底下那個好勝心強的女人，艾米里歐就這麼離開了萊登沃爾伯爵宅邸。

——幾天後，公公以一封通知斯瓦崗領地爆發反對治水工程抗議行動的信件，將拜蕾塔叫了過去。

〈未完待續〉

國家圖書館出版品預行編目資料

致未曾謀面的丈夫，我們離婚吧！/ 久川航璃作；
黛西譯．-- 一版．-- 臺北市：臺灣角川股份有限
公司，2023.11-
冊；　公分
譯自：拝啓見知らぬ旦那様、離婚していただき
ます
ISBN 978-626-352-936-6(上冊：平裝)

861.57　　　　　　　　　　112011313

致未曾謀面的丈夫，我們離婚吧！〈上〉

原著名＊拝啓見知らぬ旦那様、離婚していただきます〈上〉

作　　者＊久川航璃
插　　畫＊あいるむ
譯　　者＊黛西

2023 年 11 月 6 日　初版第 1 刷發行

發 行 人＊岩崎剛人
總　　監＊呂慧君
總 編 輯＊蔡佩芬
主　　編＊李維莉
美術設計＊林慧玟
印　　務＊李明修（主任）、張加恩（主任）、張凱棋

台灣角川

發 行 所＊台灣角川股份有限公司
地　　址＊104 台北市中山區松江路 223 號 3 樓
電　　話＊（02）2515-3000
傳　　真＊（02）2515-0033
網　　址＊www.kadokawa.com.tw
劃撥帳戶＊台灣角川股份有限公司
劃撥帳號＊19487412
法律顧問＊有澤法律事務所
製　　版＊尚騰印刷事業有限公司
I S B N＊978-626-352-936-6